KB209785

천주의 아이들

청소년소설선 02

천주의 아이들

2025년 2월 1일 1판 1쇄 인쇄 / 2025년 2월 7일 1판 1쇄 발행

지은이 김성범 / 펴낸이 임은주
펴낸곳 도서출판 청동거울 / 출판등록 1998년 5월 14일 제2023-000034호
주소 (12284) 경기도 남양주시 다산지금로 202(현대테라타워 DIMC) B동 317호
전화 031) 560-9810 / 팩스 031) 560-9811
전자우편 treefrog2003@hanmail.net / 네이버블로그 청동거울출판사

북디자인 서강
출력 우일프린테크ㅣ인쇄 하정문화사ㅣ제책 정성문화사

ISBN 978-89-5749-237-6 (43810)

청소년소설선 02

천주의 아이들

김성범 장편소설

청동거울

| 차례 |

일러두기

① 광주대교구에서 유일한 교우촌. 전라남도 곡성 덕실마을의 정해박해를 중심에 두고 이야기를 펼쳐 나간다.

② 주인공 오찬성과 가족 그리고 동네 아이들은 가상인물이며 나머지 등장인물은 모두 관찬서(官撰書)인 『일성록』과 1874년 샤를르 달레 신부가 발행한 『한국천주교교회사』에서 등장한 인물이다.

③ 『한국천주교교회사』와 『일성록』은 등장인물부터 기록에서 차이점을 보이고 있다. 그러므로 두 기록을 모두 참조해서 이야기를 이끌어 나갔다. 가장 큰 차이는 정해박해 밀고자를 『한국천주교교회사』에서는 한백겸으로, 『일성록』에서는 차주원으로 기록하고 있다는 것이다. 또한 『한국천주교교회사』는 많은 사람들이 배교를 했다고 기록하고 있으나 『일성록』에서는 배교자에 대한 기록이 나오질 않는다. 관 입장에서는 배교자가 나오는 게 업적일 텐데 말이다.

④ 『한국천주교교회사』를 쓴 샤를르 달레 신부는 1829년 생으로 정해박해 2년 뒤에 출생한 사람으로 한국에 와 본 적이 없었으며, 조선에서 포교활동을 하던 마리니콜라 앙투안 다블뤼 신부가 파리로 보냈던 비망기를 기본으로 『한국천주교교회사』를 썼다. 다블뤼 신부의 비망기는 1846년~1862년에 쓴 것으로 추정할 수 있으며 정해박해가

1827년에 발생하였으니 20~35여 년이 지난 시점에서 채록한 이야기를 기록했을 것으로 보인다. 그러므로 심문 과정 당시를 기록한 관찬서(官撰書)『일성록(日省錄)』(1827년 3월 23일, 5월 2일, 6월 16일)에 더욱 신뢰감이 갔다는 사실을 밝혀 둔다.

⑤ 당시는 하느님을 거의 천주님이라고 불렀으나, 하느님과 병행해서 쓴다.

⑥ 당시는 미사란 말은 거의 사용하지 않고 축일이란 뜻인 첨례(瞻禮)라는 말을 사용했으나 이 글에서는 미사로, 기도 역시 신공(神功)이라고 했으나 기도로 쓴다. 그 밖의 용어도 현재 사용되는 말로 쓰기로 한다.

⑧ 황사영이 한문 교리서를 한글로 번역한 기록은 있으나 성경책을 번역한 기록은 없다. 하지만 이 책에서는 성경책까지 함께 번역한 것으로 추정했다.

⑨ 중심 참고 자료로 조준원 · 여영숙이 저술한『정해박해와 곡성』(한국문화원연합회)과『한국천주교교회사』,『일성록』및『정해박해 180주년 학술자료집』등을 참조하였다. 특히『정해박해와 곡성』을 편찬한 곡성문화원 조준원 원장과 함께 현장 방문 및 정해박해에 관한 의견을 많이 나눴으며 가장 시급한 문제로 달레의『한국천주교교회사』와 관찬서『일성록』의 내용이 판이하게 다른데도 불구하고 연구가 부진한 것과 아직까지 현장 발굴조사가 이루어지지 않은 점에 대한 아쉬운 생각을 같이했다.

천주의 아이들

너희들이 사는 세상은
하느님을 맘껏 사랑하고
사랑받는 세상이 되어라.
아이들과 하느님의 나라로,
밤을 지새우며 걷고 또 걸었다.

1. 칼춤

어둑녘에 서낭당을 지나쳐 가야 한다는 것은 맘에 내키는 일이 아니다. 눈길도 주지 않으려 하지만 나의 모든 감각은 서낭당으로 가 있다. 작은 소리에도 머리카락이 쭈뼛쭈뼛 일어섰다. 그런데 왜 난 산꼭대기에 있는 누각으로 올라가고 있지? 모르겠다. 올려다보니, 아직 어둠이 완전히 내리지 않아 시커먼 나무 사이로 하늘이 밝다.

삐익!

서낭당 문 열리는 소리? 빨리 산 위로 올라가야 하는데, 발걸음이 더디기만 하다. 분명 서낭당 문이 열리는 소리였다. 하지만 쉽게 뒤를 돌아볼 용기가 나질 않는다.

삐걱!

몸이 떨리고 숨이 가빠진다. 제자리에 서서 천천히 뒤돌아본다. 서낭당 문이 조금 열려 있다. 평소에는 문고리를 걸어 두는 곳인데…….

덜커덩, 순간 문을 박차고 갑옷을 입은 장군이 달려나온다. 커다란 칼을 빼어들었다.

"으아, 아악!"

고함을 지를 수밖에 다른 방법이 없다. 아니, 고함을 지르는데 밖으로 터져 나오질 않는다. 아무리 달려도 앞으로 나아가질 못하고 뒤에서 잡아당기는 것 같다. 결국 넘어지고 말았다. 나는 장군을 올려다본다. 장군은 눈을 치켜뜨고, 코를 벌렁댄다. 커다란 칼을 하늘로 추켜올려 춤을 추듯 몇 번 휘젓더니, 내 목을 향해 내리친다. 내 목이 댕강 떨어져 굴러간다. 머리가 떨어져 나갔는데도 눈을 뜨고 있다. 내 머리가 내 몸을 바라보고 있다. 커다란 장군의 칼이 하늘을 배경으로 번쩍인다. 난 목이 없기 때문에 소리를 지를 수가 없다. 목이 없어서 숨이 막힌다.

"어, 어, 어!"

"찬성아, 왜 그러니?"

엄마 목소리다. 엄마가 내 몸을 잡고 흔든다. 눈을 번쩍 뜨며 일어나 앉았다.

"또 꿈 꿨구나."

목을 움켜잡고 나는, 눈만 끔뻑인다.

"이 땀 좀 봐! 무슨 꿈인데 하루가 멀다고 꿈을 꾼다니?"

엄마가 이마에 흐르는 땀을 손바닥으로 쓸어내렸다. 요즈음 들어 똑같은 꿈을 자주 꾼다. 서낭당에는 고려 개국공신인 신숭겸 장군을 모신다. 이곳으로 이사를 오고 혼자서 돌아다닐 수 있을 즈음에 마을 뒤, 산중턱에 있는 서낭당에 들어가 본 적이 있었다. 갑옷을 입은 신숭겸 장군을 문틈으로 봤다. 무서웠다. 기다란 턱수염이 시커멓게 치렁거렸고, 치켜 올라간 눈을 부릅뜨고 있었다. 무엇보다도 커다란 칼을 허리춤에 차고 있었는데, 당장이라도 빼어 들 것만 같았다.

그 뒤부터 종종 서낭당이 꿈에 나타났지만 요즈음처럼 장군이 쫓아오지는 않았다. 난 서낭당 앞을 지나가는 게 싫지만 산 위에 있는 누각에 올라가 앉아 있는 걸 좋아하기 때문에 서낭당을 지나쳐 갈 수밖에 없다. 서낭당을 거치지 않고 갈 수 있는 길도 있다. 주막 쪽 당고개에서 등선을 타고 올라가는 방법이 있으나 두 배나 멀어진다. 그래서 눈을 질끈 감고 서낭당을 지나쳐 가는 길을 택한다.

"니가 몸이 너무 허해져서 그런가 보다. 맘대로 먹일 수가 없으니, 원!"

엄마는 내가 꿈을 꿀 때마다 똑같은 말을 했다. 몸이 약해져서 무서운 꿈을 꾼다고 했다. 내 키와 몸집이 친구들보다 작기는 해도 특별히 아프거나 약하다는 생각은 들지 않았다. 하지만 나는 친구들과 잘 어울리지 않는다. 그보다는 누각에 올라가 혼자 앉아 있는 걸 좋아한다.

높은 산은 아니지만 산꼭대기에 있는 누각에 앉으면 읍내를 내려다볼 수 있어서 좋다. 누각이 산의 끄트머리에 있기 때문에 주변을 모두 둘러볼 수 있다. 산 둘레로는 꽤 넓은 논이 있고 논이 끝나는 곳부터 마을이 있어서 사람들이 움직이는 것까지 살펴볼 수 있는 곳이다.

"오늘 가마에서 옹기를 뺀다고 하니, 같이 가자!"

엄마 목소리는 들떠 있다. 올 들어 첫 옹기가 나오는 날이다. 가마는 옹기를 굽는 곳이기도 하지만 사람들이 모여서 천주학 공부를 하는 곳이기도, 미사를 드리는 곳이기도 하다. 그런데 가마에 불을 넣으면서 한동안 모임을 못 했다. 엄마는 천주학 공부도 열심히 하고 기도도 열심히 한다. 하지만 난 아니다. 천주학에 별로 관심도 없고, 어쩐지 무서운 느낌이 들기도 한다. 동네 아이들도 천주학 공부를 열심히 하지만 난 그 시간이면 이모네 주막 근처를 얼씬거리거나 산등성이를 빙 돌아서 누각에 올라간다. 주막을 지나칠 땐 이모가 먹을 것을 챙겨 주기도 한다.

엄마는 내가 천주학에 관심이 없는 것에 대해 윽박지르기도 하고 달래 보기도 했지만 난 여전히 귀를 기울이지 않았다. 억지로 끌려가 앉아 있을 땐 딴짓만 피웠다. 더욱이 아이들을 모아 천주학을 가르칠 때는 글도 가르쳐 주었기 때문에 엄마는 내게 더욱 천주학 공부를 시키려 들었다. 하지만 난 공부보다 옹기를 만들거나 굽는 것에만 관심이 갔다. 그렇다고 어른들한테 가르쳐 달라거나 묻지는 않았다. 옹기터 근처에서 얼쩡거릴 뿐이었다.

2. 천한 점 것들

엄마와 함께 일찍 일어나 가마터로 나갔다. 가마에서 옹기가 만들어져 나오는 건 보고 또 봐도 신기하다. 흙이 짙은 나무빛깔을 띤 옹기가 되는 걸 보면 신비롭기 그지없다.

"찬성이, 왔네!"

회장님이 가마 앞에서 옹기를 들어내는 걸 지켜보다가 말을 붙였다. 난 고개만 꾸벅 숙이곤 쭈볏쭈볏 가마 안으로 들어갔다. 불을 끈 지 3일이 지났는데도 더웠다. 슬며시 옹기에 손을 대 보았다. 따뜻하다. 옹기의 따뜻한 느낌이 난 좋다. 껴안아 본다.

"야, 오찬성! 단지나 나르든지."

을보 형과 원로 형이 커다란 옹기를 들고 나오면서 성가셔했다.

"허허, 미래 가마터 대장한테 왜 그런다냐!"

원복이 아저씨가 커다란 옹기를 들고 나오면서 너스레를 떨었다. 을보 형과 원로 형은 원복이 아저씨의 조카들이다. 형들이 나를 많이 놀려 댄다는 건 나를 막내동생처럼 여긴다는 뜻이기도 하다.

가마터에서 일하는 사람은 많지만 회장님 식구들만큼 옹기를 잘 만드는 사람은 없었다. 원복이 아저씨도 회장님 여동생인 말달레나 아주머니와 결혼한 이근이 아저씨의 동생이고, 회장님의 남동생인 형삼이 아저씨도 가마터에서 최고 일꾼이다. 아, 회장님과 가족은 아니지만 최고 일꾼 한 사람이 더 있다. 저기 저 안쪽에서 큰 항아리를 혼자서 꺼내 오는 한백겸 아저씨다.

백겸이 아저씨는 표정도 없지만 말도 별로 안 한다. 덩치가 황소만 해서 힘이 엄청 세다. 그래서 백겸이 아저씨가 술을 먹으면 사람들이 피해 버렸다. 종종 행패를 부리기 때문이다. 그래서 난 백겸이 아저씨를 알맞게 떨어져서 바라보는 일이 많다.

"오찬성! 여기에서 얼쩡거리지 말고 너도 친구들한테 가서 놀아라!"

홍태성 아저씨다. 성격이 까칠한 아저씨다. 일은 잘 못 하지만 어느 누구도 무시하지 않았고, 회장님한테도 성경공부를 할 때 따지듯 말하는 아저씨다. 그럴 때면 회장님도 고개를 끄덕이며 들어주었다.

"찬성이가 이럴 때만이라도 제 발로 가마를 찾아들었는데, 쫓아내지 마소."

엇봉이 아저씨다. 엇봉이 아저씨는 아이들한테 성경을 가르치지만 글도 가르치는 선생님이다. 엄마처럼 나를 다그치지는 않지만 나를 볼 때마다 우리 언제 함께 공부 좀 할까? 종종 물어본다. 그럴 때마다 난 못들은 척해 버리고 만다. 그래도 난 엇봉이 아저씨가 맘에 든다. 엄마한테 한 말이 잊히지 않기 때문이다.

"찬성이가 하려고만 들면 어느 누구보다 앞서 나갈 테니 염려 마세요."

오늘 가마에서 나온 옹기가 맘에 들었나 보다. 회장님과 어른들 얼굴을 보면 알 수 있다.

"불이 골고루 잘 들었어요."

"그러게 말일세. 걱정을 했는데 때깔이 번들번들한 게 제법 욕심낼 사람들이 많을 거 같네."

나도 회장님과 아저씨들의 말을 들으며 내 키만 한 옹기를 살펴봤다. 회장님 말처럼 옹기 빛이 짱짱해 보인다.

"찬성아, 너도 옹기가 이뻐 뵈냐?"

회장님 말에 나는 웃어 보이곤 다른 옹기들을 둘러봤다.

"그래, 무엇보다도 보는 눈이 있어야 제대로 된 옹기를 만들어 낼 수 있지! 니가 우리 가마터를 짊어지고 갈 모양이다."

회장님 말에 기분이 쓰윽 올라갔다. 이래서 난 어른들 틈에 있을 때가 편하다. 친구들이나 마을 아이들은 나를 대놓고 무시하기도 하고 나와 편을 들려고도 하지 않았다. 덩치도 작고 힘이 약하기 때문이다. 하지만 물고기를 잡는 데서만은 그렇지 않았다.

"찬성아, 냇가에 가자!"

마을 아이들이 몰려가며 불렀다. 내가 별로 움직이려 들지 않자, 석열이가 나를 꼬드겼다.

"야, 떡 줄게 같이 가자!"

난 고개만 돌려서 믿기지 않는다는 눈빛을 보냈다.

"참말이라니까."

석열이가 주먹만 한 떡을 들어서 보여줬다. 난 먹을 것에 욕심을 내는 편이다. 이건 내 말이고 남들은 먹을 것만 보면 내 눈이 뒤집어진다고 말했다.

"고기 잡아 주면 줄게."

난 동네 아이들 중에서는 물고기를 가장 잘 잡는다. 왜 잘 잡는지는 모르지만 난 물속에서 물살을 일으키지 않고 다닐 수 있다. 그러니까 물길 따라 조심히 걸어 다닐 수 있다는 뜻과 비슷한 말이다.

"참말로 주는 거야?"

"넌 속아만 살았다냐?"

석열이 동생 수지가 한마디 더 거들었다.

"염려마랑께. 내가 꼭 챙겨 줄 텡께."

수지는 나보다 나이도 적은 데 은근히 나를 무시했다. 키도 덩치도 나보다 훨씬 큰 까닭일 것이다. 어쩌면 당고개 넘어 부자 동네에 살아서 그런지도 모른다.

뙤약볕이다. 피리와 은어들이 햇빛을 받아 번들거리며 떼로 몰려다녔다. 내가 잡으려는 건 피리나 은어가 아니다. 은어는 낚시로 잡아야 하고 피리는 죽어라고 뒤쫓아서 힘을 빼내야만 잡을 수 있다. 아니면 쪽대가 있어야 하는데, 오늘은 맨손이다. 그러니까 오늘은 붕어를 잡을 것이다.

풀숲에서 느리게, 물살이 일지 않게 조심히 다닌다. 두 손으로 풀숲을 살며시 더듬어 본다. 엉성한 손가락 사이로 물풀이 스치다가 미끈, 붕어가 손끝에 느껴지면 움켜잡는다. 커다란 돌 틈 양쪽을 더듬다가 미끄덩, 붕어가 걸려들기도 한다.

"잡았다!"

"야, 크다!"

옆에서 석열이가 덤벙대며 고기를 받아들었다. 붕어는 빳빳하고 이삭이 달린 풀줄기를 뽑아 아가미에 꿰어서 줄줄이 엮어 냈다. 한나절 동안 고기 잡기에 열중하다 보니 두 뼘지나 잡았다.

"이제 떡, 줘!"

말이 떨어지자마자 수지가 떡을 커다랗게 한입 베어 물어 버렸다.

"으아, 내 떡!"

오직 떡만 생각하면서 붕어를 잡았는데, 도저히 참을 수가 없었다.

내가 떡을 뺏으려고 수지에게 달려드는 순간 수지가 뒷걸음치다 넘어졌다. 나도 같이 넘어지며 수지와 뒤엉켜 버렸다. 곧바로 석열이가 뒤쫓아와 나를 차고 밟아 댔다. 난 커다란 두 덩치와 뒤엉켜 싸울 수밖에 없었다.

"이게 다 뭐야? 응? 이것이 뭐냐고?"

나는 아무 말도 안 했다. 온몸이 욱신거리고 얼굴이 붓고 상처가 났다. 엄마는 내 얼굴의 상처를 만졌다.

"아야!"

"왜 그랬어, 엉?"

때마침 석열이 엄마가 석열이와 수지를 데리고 들이닥쳤다.

"찬성이, 네 이놈! 어디다가 행패를 부렸어?"

석열이와 수지를 내 앞으로 들이밀었다. 석열이와 수지 얼굴도 부어오른 곳이 있고 불긋거렸지만 내 앞에 세우니 상처 같지도 않았고 석열이와 수지 키가 나보다 한 뼘은 더 컸다. 석열이 엄마는 뻘쯤해지자, 엄마한테 대놓고 소리를 쳤다.

"이런 천한 것들이 양반을 쳐?"

"에구, 잘못했어요. 잘 타이를게요."

"타일러? 이게 타일러서 될 일이여?"

"다시는 이런 일이 없도록 할게요."

엄마가 석열이 엄마한테 굽실거리며 무조건 잘못했다고 말했다. 석열이 엄마의 큰 목소리에 동네 사람들이 금세 모여들었다. 하지만 모두들 구경만 할 뿐 말리려 들지는 않았다. 석열이네는 몰락한 양반이라서 농사도 없는 형편이지만, 그래도 양반이기에 잘못 나섰다가는 일을 더 그르칠 수가 있기 때문이었다.

엄마는 내 등을 퍽, 내리치며 다그쳤다.

"어서, 잘못했다고 용서를 빌어."

"내 떡……."

"뭐라고? 빨리 잘못했다고 못 해?"

"이런 천한 것들, 뭘 배워 먹었어야지 말여!"

석열이 엄마는 목소리를 더 높이며 화를 냈다. 그때 회장님과 막달레나 아주머니까지 나왔다.

"어이구, 석열이 어머님 아니세요? 고정하세요."

회장님까지 나오니 석열이 엄마는 더 당당해졌다.

"어디를 떠돌다가 들어왔는지는 몰라도 우리 마을에 정착해서 열심히 살기에 좋게 봐주려고 했더니, 이런 불상사를 내고 말여, 이게 다 누구 책임이오?"

"죄송하구먼요. 앞으로는 이런 일이 일어나지 않도록 제가 잘 단속하겠습니다."

뒤늦게 쫓아온 석열이 아버지도 합세했다. 눈을 희번득이며 나한테 손가락질을 하였다.

"이 쥐방울만 한 녀석이란 말인가?"

석열이 아버지는 마을 사람들을 휘둘러보며 제법 양반 행세를 했다.

"세상에는 법도가 있는 법인디, 어디서 굴러들어 왔는지 감히 천한 점*것*들이 양반을 팬다 말인가!"

석열이 아버지는 잠시 말을 끊고는, 나를 똑바로 쳐다보며, 머리를 쿡쿡 찌르며 말했다.

"혹시 여기가 천주학쟁이들이 모여 사는 곳 아니여?"

나는 순간 정신이 나가고 말았다.

"으어어 으어!"

짐승 같은 목소리를 내면서 입에 흰 거품을 물고 쓰러져 버렸다. 엄마도 이런 상황에 놀라서 날 껴안고 나와 함께 짐승 목소리를 냈다.

"으아아, 으아!"

막달레나 아주머니가 달려와 엄마와 나를 안았다. 동네 사람들

★점(店) : 토기나 철기 따위를 만드는 곳.
★것 : 사람을 낮추어 이르거나 동물을 이르는 말.

도 엄마와 나한테 몰려들어 들쳐 업었다. 석열이 아버지는 머쓱
해졌다.

"내가 뭘 어쨌다고 이래?"

분위기가 이상하게 돌아가자 석열이 엄마가 석열이 아버지 소
매를 잡아끌었다.

"갑시다. 너희들도 가자!"

3. 살아난 기억

그날의 모든 장면이 생생하게 떠올랐다. 왜 난 이렇게 모든 걸 잊고 살았지?

난 누워 있고, 엄마가 벽에 기대앉아 있다가, 내가 눈을 뜨자 등을 곧추세웠다.

"정신 들어?"

난 눈알만 이리저리 굴렸다.

"기억이 났어요."

"뭐가? 무슨 기억?"

엄마가 묻자마자, 나는 한없이 눈물이 흘러나왔다. 꺼억꺼억 소리를 내며 울고 울었다. 엄마는 나를 꼬옥 안아 줬다.

"그래, 안다 알아. 우리 아기!"

엄마도 내가 무슨 생각이 났다는지 다 아는 것 같았다. 애기처럼 꼭옥 껴안고 토닥이며 한참 동안 같이 울기만 했다.

사람들이 빙 둘러서 있었다. 그 가운데 여러 명이 손이 뒤로 묶인 채 무릎을 꿇고 있다. 그 중에 아버지도 있었다. 머리가 흐트러져 있었고 온몸이 피투성이였다. 그래도 오랜만에 감옥 바깥에서 아버지를 볼 수 있어 반가웠다. 엄마가 나를 껴안은 채 몸을 떨고 있었다. 나는 아버지가 잘 안 보여 자꾸 이리저리 고개를 쭈뼛거려야만 했다. 주위 사람들은 목소리를 낮춘 채 두런거렸다.

"천주학쟁이들 아이가."

"쯧쯧, 안 믿는다고만 해도 살려 준다카던데."

"죽어도 싸지. 마, 지 애비에미 제사도 안 지낸다고 카더라!"

"천주가 자기네 아버지라카더만!"

둘러선 사람들은 킥킥대며 비웃기도 하고 어떤 사람은 휑한 눈으로 바라보기도 했다.

"천한 것들이 양반이나 부녀자들이나 똑같이 귀한 사람들이라고, 안 카더나."

커다란 칼을 든 사람 여럿이 아저씨와 아버지 주위에서 춤을 추는 듯 슬렁슬렁 칼을 휘둘렀다. 술 냄새가 났다. 뒤로 손이 묶여 있던 한 사람을 엎드려 눕혔다. 큰 칼을 든 사람이 엎드린 사람의 목을 내리쳤다. 목이 반만 잘렸는지, 대롱거렸다. 엄마가 내 눈을 가렸다. 엄마 손을 치우고 보니 그 아저씨의 목은 이미 저만치 굴러가 있었다. 피가 몸에서 솟구쳐 나왔다.

아버지가 다음 차례였다. 숨이 막혔다. 엄마가 나를 껴안고 뒤돌아서자, 나는 엄마 어깨너머로 아버지를 똑바로 볼 수 있었다. 큰 칼을 든 아저씨가 아버지의 목을 내리쳤다. 바로 잘리지 않자, 내리치고 내리치고. 결국 아버지의 머리도 몸에서 떨어져 굴러갔다.

지금까지 나는 회장님이랑 아저씨들이랑 옹기터에서 사는 것부터 기억하고 있었다. 그런데 오늘 아버지가 참수 당한 장면이 또렷이 떠오른 것이다. 무서웠다. 아니, 분했다. 치가 떨렸다. 이 상황이 무얼 뜻하는 것인지 혼란스러웠다. 왜 아버지가 참수를 당해야 했는지, 왜 사람이 사람을 죽여야 하는지, 천주학이 무엇이기에 이렇게 무서운 일이 일어나는지. 이제야 아버지의 피 냄새가 느껴졌다.

"으, 아부지!"

4. 시작한 성경 공부

그날 뒤부터 동네 사람들이 나를 대하는 게 달라졌다. 아니, 내가 달라진 것 같았다. 그 무엇보다도 아버지를 죽게 만든 천주학이 무엇인지 알고 싶었다. 기도서에 무슨 말이 쓰여 있는지 궁금했다. 언문을 배워야 했다.

"찬성아, 오늘은 공부하는 날이다."

"네, 알아요."

특히 엇봉이 아저씨와 회장님이 나를 챙겼다. 엇봉이 아저씨는 회장님이랑 엄마한테 자랑을 엄청 해댔다. 한 말을 하고 또 했다.

"제가 말했잖아요. 저 녀석이 하려고만 들면 어느 누구보다 앞서 나갈 거라고요. 허허, 내가 아이들을 많이 가르쳐 봤지만 이틀 만에 언문을 읽어 버리고 사흘 만에 써 버린 녀석은 첨이라니까요. 그리고 요것 좀 보세요. 이게 아이가 쓴 글씨 같아요? 명필이 따로 없다니까요!"

　이제 난 엇봉이 아저씨를 선생님이라고 부른다. 회장님도 엄마도 엇봉이 선생님이 나를 칭찬하는 말을 여러 번 들었으면서도 처음 듣는 것처럼 들어줬다. 하지만 내가 똑똑해서 사흘 만에 글을 쓸 수 있게 된 건 아니다. 다른 친구들이 언문을 배울 때 흘끔거리며 보아 왔던 게 있어서 금방 배운 것일 뿐이었다.

　나는 글을 배우자, 내 생각을 막대기로 땅바닥에 써 보는 게 하루 일과가 되었다. 언문뿐만 아니라 천주학도 배우기 시작했다. 하지만 천주학은 쉽게 몸으로 익혀지지 않았다. 말로야 천주님을 믿는다고 할 수 있지만 천주님이 눈으로 보이지 않으니 말이다. 그보다도 천주학이 무엇이기에 이렇게 큰일이 일어나는 건지 파헤쳐 보고 싶은 맘이 더 컸다.

　"선생님은 천주님을 만나 뵌 적도 없으면서 어떻게 믿어요?"

　내 질문에 같이 공부하는 아이들도 새로운 걸 발견한 듯 눈을 또록또록 굴리면서 선생님을 쳐다봤다.

　"넌 임금님을 뵌 적 있더냐?"

　"아니요."

　"그럼 임금님이 이 세상에 계시지 않는 것이냐?"

　"아니요."

　"봐라, 임금님을 뵙지 않고도 임금을 믿지 않느냐? 이렇듯 참된 믿음이란 눈으로 보이지 않더라도 믿는 것을 말한단다. 그래서 더 소중한 분이시지."

내가 고개를 꺄웃한 채 가만있자, 선생님이 한마디 덧붙였다

"네 마음속에서 착한 일을 할 때와 못된 일을 할 때 마음이 움직이지 않았더냐? 그게 하느님이 계신다는 뜻이기도 하단다."

엇봉이 선생님 말이 그럴듯하지만 그게 하느님이 계신다는 뜻인지 확신이 서지 않았다.

"해 달 별 바람 물 흙, 이 세상의 모든 걸 만드시고, 나무 풀 물고기 새 나비, 이 세상의 모든 생명을 있게 하신 분이 계실 텐데, 넌 어떤 분이라고 생각하느냐?"

엇봉이 선생님이 말을 하면서 고개를 들어 하늘을 쳐다보았다. 어두컴컴한 가마 안에 둘러앉아 있는데도 모두들 선생님처럼 고개를 쳐들어 하늘을 쳐다봤다. 생각해 보니, 세상의 모든 것들이 어디에서 왔는지 억지를 부려 보고 싶어도 하느님밖에 생각나지 않았다. 엇봉이 선생님은 눈을 한 번 지그시 감았다가 뜨고는 목소리를 낮췄다.

"무엇보다도 내가 천주님을 믿는 까닭은 따로 있단다."

모두들 엇봉이 선생님이 말하기만 기다렸다.

"천주님이 우리를, 나를 얼마나 사랑하고 계신지 알았기 때문이다. 내 이름, 엇봉이처럼 천하게 태어난 나까지 세상 사람들과 똑같이 귀하게 여겨 주시지 않더냐. 어디 그것뿐이겠느냐?"

역시나 모두들 엇봉이 선생님이 말하기기를 기다렸다.

"우리가 죽은 뒤에, 어디로 가겠느냐? 하느님의 나라로 가서 영원히 살아야 하지 않겠느냐?"

"우리 모두 다요?"

가만가만 말하던 엇봉이 선생님이 눈을 부라리며 허리를 곧추 세웠다.

"그럴 순 없지!"

"그럼요?"

"하느님의 말씀으로 살아야만 하느님의 나라에 갈 수 있지."

모두들 엇봉이 선생님 말을 가슴에 새기고 있었다. 몇몇은 엇봉이 선생님 말에 성호경을 그었다. 난 다시 궁금증이 솟구쳤다.

"성호경은, 무슨 뜻이에요?"

"자신의 몸에 십자가를 그려 넣는 것이지. 성부와 성자와 성령의 이름으로 아멘."

엇봉이 선생님이 오른손으로 머리와 가슴과 양어깨를 짚은 다음 두 손을 모아 기도하는 모습을 보였다. 성호경은 멋져 보이기도 하고, 마음이 뭉클해지게도 만들지만 무슨 뜻인지 설명을 해 줘도 잘 이해가 안 되었다.

"그러니까 무슨 뜻이냐고요?"

"이렇게 성호를 긋는 의미는, 가장 짧지만 아주 중요한 기도란다. 성부 성자 성령, 세 분이 하나라는 뜻이지. 성부 하느님,

성자 예수님, 그리고 성령은 하느님과 예수님의 마음을 말한
단다."

다른 것보다 성령은 잘 이해가 되지 않았다. 답답하기보다, 그
래서 신기하게 느껴지기도 했다. 끝없는 나의 질문에 아이들이
성경 공부를 재밌어 하기도 했지만 오랫동안 시간을 끌어서 싫어
하기도 했다. 아이들이 슬슬 싫증을 내자 공부를 끝냈다.

"하늘에 계신 하느님이 우리를 만드신 아버지인 걸 늘 잊지 말
아야 한다. 하느님 아래에선 우리 모두 형제요, 자매이니 서로 돕
고 사랑하면서 살아야 하는 것이고. 알아들었느냐?"

"네!"

아이들이 큰 목소리로 대답을 했다.

"자, 마지막 기도하고 끝내자! 성부와 성자와 성령의 이름으로,
아멘!"

모두들 성호경을 긋자마자 뛰쳐나갔다.

5. 차별

난 동네 아이들과 잘 어울리지도 못하고 어울리려고 하지도 않았으나 성경 공부를 시작하면서 자연스럽게 어우러졌다.

사실 누구 하나 내가 무리 속에 있든 없든 관심을 두지 않았는데, 시간이 지날수록 점점 나를 챙기는 아이들이 생겨났다. 내 나이면 이미 어른이 되어 가는 나이이기도 했지만 어쩔 땐 아이 취급을 당하기도 했다.

동네에서 나와 나이가 같지만 덩치는 훨씬 크고도 물렁하게 생긴 도야지가 나를 좋아했다. 도야지와 늘 함께 다니면서 껑충하게 키가 큰 개똥이와도 덩달아 친해졌다. 이름을 귀하게 지으면 운명을 관장하는 신이 일찍 데려간다고 이름을 천하게 지었다고 했다.

동네 어린아이들은 온몸에 종기가 나고 곪는 천연두나 이유를 알 수 없는 배앓이를 하다가 종종 죽어 나갔고, 도야지의 누나도 어렸을 적에 천연두로 죽었다고 했다. 이름이야 어떻든 도야지는 이름처럼 잘 씻지를 않아 지저분했지만 뭐든 잘 먹었고 건강했다.

"찬성아, 우리 놀러가자!"

"어디로?"

그런데 도야지 얼굴이 볼그족족했다.

"너 술 먹었어?"

"응!"

"어른들한테 들키면 어떡하려고?"

"야야, 우리 아부지가 준 거라고!"

"아버지가?"

"응. 가끔 아버지가 막걸리 한 잔씩 준다니까."

"그래?"

"그럼 뭐하냐?"

"왜?"

"시키는 일을 해놓지 않았다고, 오늘 회초리 찜질을 당했다."

난 도야지 얼굴을 빤히 쳐다봤다. 아버지한테 회초리를 맞았다고 말하지만 자랑을 하고 있는 것 같았다.

"왜? 내 얼굴에 뭐가 묻었어?"

"아니, 그런데 회초리를 맞았다면서 일 안 하고 어디 가려고?"

"아버지가 나 때리다가, 미안했는지 술을 한 잔 줬거든!"

도야지는 헤벌쭉 웃어 보였다. 난 눈물이 핑그르 돌았다.

"야, 너 나 맞았다고 불쌍해서 그러냐? 넌 맘이 너무 약해!"

도야지가 눈물 글썽이는 내 눈을 보고 어깨를 툭치며 웃어 보였다.

"나, 이 정도 맞는 건 아무렇지도 않다."

아버지! 나도 아버지가 주는 술을 마셔 보고 싶고, 회초리도 맞아 보고 싶었다. 도야지는 내가 자기 때문에 눈물을 글썽이는 줄 알고 기분 좋은 표정이었다.

"오늘 우리 정금 따러 가자!"

"일 안 해 놓았다고 또 맞으면 어떡하려고?"

"아부지가 죽을 만큼은 때리지 않는다."

아이들이라고 하는 일이 없는 것이 아니었다. 여자 아이들은 갓난이를 돌보고, 우물물 긷고, 빨래하고, 식사 준비를 해야 했다. 남자 아이들은 잔심부름부터 땔나무도 하고, 새끼도 꼬고, 흙을 치대기도 하고, 독을 팔러 나갈 때 함께 지고 나가야 했다. 그 틈에도 아이들은 눈치를 봐 가면서 슬쩍 빠져나가 놀 궁리를 했다. 그나마 가재잡기나 낚시질은 어른들이 눈감아 주는 놀이였다.

"야, 빨리 가자!"

"그런데 벌써 정금이 익었어?"

"내가 작년에 나무하다가 봐둔 자리가 있는데, 누가 먼저 따가 버리면 어떡하냐?"

"어딘데?"

"천덕산!"

"덕양서원을 지나야 하는데?"

오지리 덕양서원 쪽을 지나면 천덕산으로 쉽게 오를 수 있지만 양반들이 많이 사는 동네인 까닭에 어른들이 그 근처에는 얼씬거리지도 말라고 당부한 곳이다. 나도 싫다. 양반들을 보면 왠지 주눅이 들고 가슴이 두근거려졌다. 뿐만 아니라 나보다 어린것들한테도 말을 높여야 했고 양반들은 우리 천민들을 함부로 대했다.

"야야, 괜히 그곳으로 지나가다가 괴팍한 양반이라도 만나면 어떡하려고?"

"그럼 미륵골 쪽으로 넘어가자고?"

"그래."

나는 별로 탐탁지 않았지만 따라나섰다. 도야지, 개똥이랑 동네 아이들을 모아서 당고개를 넘어가는데, 대낮부터 주막이 시끌벅적했다. 아이들 목소리였다.

"주모! 안주가 왜 이리 시원찮은가?"

"빨랑빨랑 술 내오라는 말이 안 들린 겐가?

슬쩍, 고개를 내밀어 들여다보는데, 오지리 양반네 아이들이었다. 이모와 이모부가 굽신거리고 있었다. 이게 무슨 일인가 둘러보는데, 양반 아이와 눈이 마주쳐 버렸다.

"너는 누구냐?"

"……."

난 말문이 막혀 버렸다.

"누구냐고 묻지 않느냐?"

"네, 도련님 덕실마을에 사는 아이들이구만요."

도야지가 얼른 나서면서 대신 대답을 했다.

"누가 너에게 물었느냐?"

양반 아이가 역정을 내며 벌떡 일어났다. 나는 또 몸이 얼어붙어 버렸다. 내 몸이란 게 이렇게 다급한 상황에서는 얼어붙는 몸인 것 같았다. 이번엔 개똥이가 대꾸를 했다.

"이 녀석은 귀머거리라서 듣지를 못하는구먼요, 도련님!"

"에잇 술맛 떨어지게, 병신 새끼! 퉷퉷!"

나를 향해 침을 뱉었다.

"에구, 도련님들 여기 안주 나왔구먼요."

이모가 안주를 가지고 나오면서 우리들에게 큰 소리쳤다.

"도련님들 흥 깨진다, 이 녀석들아! 썩, 사라지지 못하겠느냐?"

"네네!"

몸이 굳어 버린 나를 도야지와 개똥이가 끌고 나왔다. 나는 친구들에게 끌려나와 당고개를 넘었지만 미륵골 앞 금천에서 주저앉아 버렸다. 몸에 힘이 빠져 더 이상 걸을 수 없었다. 동네 아이들과 친구들도 긴장을 했던지 모두 함께 강가에 주저앉아 버렸다.

"왜 양반하고 우린 다를까?"

순하기만한 도야지가 조약돌을 물속에 던져 넣으며 말문을 열자 개똥이가 말을 받았다.

"맞아, 소가 새끼를 낳든, 돼지가 새끼를 낳든 다 똑같은 송아지고 도야진데. 사람은 왜 다르지?"

"왜 거기에 도야지를 넣는 건데?"

도야지가 툴툴거리자, 동네 아이들이 킥킥대며 분위기가 좀 나아졌다. 나도 기분이 좀 풀렸다. 하지만 양반과 내가 무엇이 다른지 알 수가 없었다. 왜 사람은 태어나자마자 양반과 중인, 상민, 천민으로 구분지어지지? 개나 닭도 구별하지 않는데. 사람이 집에서 기르는 가축보다도 못하다는 생각이 들었다. 아버지도 나 같은 생각을 하였을까?

"차별! 하느님의 세상은 차별이 없어."

생각 없이 던진 내 말에 아이들이 모두 입을 모았다.

"아멘!"

"하느님 아버지, 아버지가 만드신 차별 없는 나라를 흠숭하나이다. 찬양하나이다. 찬미 받으소서!"

내가 성호를 긋자 모두들 성호를 그었다. 우리끼리 기도를 올렸다. 그것도 마을 바깥에서 기도를 올린 건 처음이었고, 위험한 행동이었다. 우린 우리의 행동을 어른들에게는 비밀로 하기로 했다. 기도로 만들어낸 두근거리는 모험이었다.

6. 흙 작업

나는 오늘도 친구들과 어울리기보다는 가마터 주변에서 벗어나지를 않았다. 아이들은 어른들이 일을 시킬까 봐 동네 밖으로 우르르 달려 나갔지만 나는 아저씨랑 형들이 흙덩이를 들어올려 치대는 앞에 쪼그려 앉았다.

"떡매로 그렇게 많이 쳤는데, 힘들게 다시 치대요?"

"힘드니까, 말 시키지 마라!"

원로 형과 을보 형은 땀을 뻘뻘 흘리며 흙덩이를 들어 올려 땅바닥에 치대어, 늘렸다가 다시 겹쳐서 치기를 반복했다. 형들은 흙을 치대는 것뿐만 아니라 주로 힘쓰는 일을 맡았다. 산과 들에서 옮겨온 황토와 백토를 섞고 반죽을 하면서 떡메로 칠 때도, 흙 창고에 흙을 쌓을 때도 형들이 주로 했다.

"힘든데, 왜 이렇게 한 번 한 일을 다시 하고 또다시 해요?"

"이렇게 치고 또 쳐대야만 흙이 찰져지거든."

"우리가 일을 대충하면 옹기가 마르면서 터 버리거나 주저앉아 버리고 말 거다!"

형들이 하는 말에 난 맞장구를 보태 주었다.

"그러니까 형들이 가장 소중한 일을 하고 있는 거네요."

"하하하, 요 녀석이 드디어 우리가 하는 일을 알아봐 주는구나!"

물레 앞에 앉아서 항아리를 만들고 있는 회장님이 빙긋 웃으며 한마디 거들었다.

"그래, 미래의 대장들이 다 모여서 정겹구나."

회장님은 특별히 나한테 한마디 더해 주셨다.

"흙도 그렇게 많이 치대면서 힘든 일을 겪어내야만 흙에 힘이 생겨서 온전한 항아리를 만들 수 있는 흙이 된단다."

요즈음 들어 모든 어른들이 나한테 잘 대해 주었지만 특히 회장님은 남달리 친손자처럼 대해 주었다. 한백겸 아저씨도 마찬가지다. 예전과는 달리 나를 빤히 바라보는 경우가 있었다.

가마터에는 물레가 여러 대 있지만 커다란 항아리를 만들 때는 회장님과 한백겸 아저씨만 물레 앞에 앉아서 흙판을 쌓아 올렸다. 그러니까 우리 가마터에서 대장님으로 불리는 사람은 회장님과 한백겸 아저씨, 두 사람밖에 없었다. 오늘은 닷 말짜리 항아리를 만든다고 했다.

내 가슴 높이만큼 올라오는 항아리다.

물레 위에 판판하게 치댄 흙을 깔아 놓고, 자로 밑동 크기만큼 젠 다음에, 밑가새(아랫판을 다듬는 나무칼)로 흙을 누르고 물레를 발로 당기면 흙이 잘려 나오면서 항아리 아래 판이 둥그렇게 만들어졌다.

"회장님, 재밌어요?"

"허허, 너도 해 봐라!"

"와, 제가 해 봐도 돼요?"

"저기 뒷일꾼들이 시기만 하지 않으면 된다."

고개를 돌려서 형들을 봤다. 형들은 한백겸 아저씨 뒷일꾼으로 아저씨가 만든 항아리를 옮기기도 하고 다듬고, 흙을 치대고 날랐다.

"야 임마, 아직 우리도 뒷일꾼인데, 니가 바로 대장님으로 간다고?"

말은 그렇게 했지만 벙긋벙긋 웃었다.

항아리에 쌓아 올릴 흙판은 대장님이 직접 흙을 치댔다. 흙덩이를 땅바닥에다 엇비슷하게 쳐대면 흙판이 점점 넓어지면서 얄포름해졌다. 무엇보다도 그 넓은 흙판이 고르게 넓혀지는 게 보고 또 봐도 신기했다.

치댄 흙판은 항아리 아래 판에다 둥그렇게 말아 올려 원통으로 만들어 갔다. 항아리를 만드는 것은 어느 하나 신기하지 않은 게 없었다. 한백겸 아저씨 앞에 가서 앉았다. 예전 같았으면 찬바람이 나올 정도로 쌀쌀맞게 흘겨봤겠지만 눈을 두 번이나 끔뻑거리며 나를 바라봤다.

"어떻게 해야 이렇게 잘할 수 있어요?"

빙긋 웃었다. 한백겸 아저씨가 나한테 첨으로 웃어 줬다.

"나도 너만 할 때 구경하다가 배웠다."

말 한마디로 이렇게 두근거리게 할 수도 있다. 아저씨의 어린 시절이 나와 같다는 뜻이기도 했다.

아저씨는 움푹 팬 구덩이에 앉아서 물레 위에다 항아리 키를 높여 갔다. 항아리 높이가 다 올라가자 아저씨가 목가새(항아리 높이를 잡는 나무칼)로 항아리 높이를 정하고 물레를 돌리자 나머지 흙이 돌돌돌 잘려 나갔다. 마지막으로 항아리 테두리를 만들고 고개를 들어 형들을 바라봤다.

이제 형들이 다 만들어진 항아리를 건조장으로 옮겨가야 했다. 항아리는 아직 물렁한 흙이기 때문에 조심히 옮겨야 한다. 잘못하면 항아리가 찌그러져 버릴 수 있기 때문이다. 그런데 형들이 무슨 일인지 티격태격거리면서 들보를 들고 일어났다.

들보는 바지처럼 생겼다. 물레에서 막 만들어진 항아리를 옮길 때 찌그러지지 않도록 바지의 가랑이를 벌려서 옹기의 아랫부분을 감싼 다음 두 사람이 맞잡아 들어올려 옮겨야 한다. 그러니까

두 사람의 맘이 잘 맞아야만 하는 것이다.

"으헉!"

그럴 줄 알았다. 형들이 항아리에서 눈을 떼지 말고 옮겨야 했는데, 다투다가 서로 균형을 맞춰야 할 맘이 흐트러진 거다. 힘이 한쪽으로 쏠리면서 항아리가 찌그러져 버렸다. 다시 흙덩이로 되돌아가고 말았다.

작업장이 순간 고요해졌다.

"저런 망할 놈들!"

"흙에 정성을 불어넣는 일이거늘!"

아저씨들이 목소리를 낮춰서 엄하게 꾸짖었다. 늘 한백겸 아저씨는 회장님보다 뒤지지 않으려고 쉬지도 않고 일을 했다. 어느 누구도 알은체하진 않았지만 어린 나도 그런 분위기를 알 수 있었다. 그런데 이렇게 망쳐 놓았으니 한백겸 아저씨는 화가 많이 났을 것이다.

내가 한백겸 아저씨한테 말을 붙였다.

"이걸 어떡한데요?"

아저씨는 흙덩이가 되어 버린 항아리를 보면서 말했다.

"이건 되살려 낼 수 있는 일이니……. 아무것도 아니다."

아버지가 생각났다. 아버지와 관계없는 말인데도 아저씨의 말이 무겁게 느껴졌다.

"오늘은 그만해야겠다!"

아저씨가 물레에서 일어나 옷을 툭툭 털면서 나갔다. 어느 누구도 말을 붙이지 않았다. 형들이 내 등을 밀었다. 따라가 보라는 뜻인 거 같았다.

7. 한백겸 아저씨의 신유박해

한백겸 아저씨는 산으로 올라가 누각에 걸터앉았다. 나는 아저씨 반대편에 앉았다.

"넌 이곳에 앉아서 뭘 보느냐?"

아저씨는 내가 이곳에 자주 오는 걸 알고 있는 듯했다. 나는 대답 대신 읍내를 휘둘러 바라보는 것으로 대신했다.

"저곳!"

아저씨가 손으로 가리켰다.

"저곳을 잘 살펴봐야 한다."

"네?"

"관아 말이다."

아저씨가 가리킨 곳은 곡성 관아였다.

"혹시 저곳에서 우리 옹기터로 포졸들이 몰려오는 것을 보면

바로 마을 사람들한테 알려야 한다."

"예?"

"우리 천주쟁이들한테는 언제 포졸들이 들이닥칠지 모른다."

아저씨 말에 가슴이 덜컥 내려앉았다. 순간 서낭당 장군의 칼이 떠올랐고, 아버지한테 내리치는 칼이 떠올랐다. 난 두 손으로 얼굴과 입을 틀어막고 울음소리가 몸에서 비져나오지 못하게 막았다.

아저씨가 다가와 나를 안아줬다. 틀어막았던 울음소리가 터져 나왔다. 아저씨는 내가 말하지 않아도 내 맘을 모두 아는 것 같았다.

"어허, 어헝 엉엉엉!"

"그래, 울어라. 나처럼 울지도 못하는 사람이 되지 말고."

한참 동안 아저씨 품에서 실컷 울고 나자, 아저씨가 이야기를 이어 갔다.

"나도 우리 아버지가 죽는 모습을 지켜봐야만 했다."

한백겸 아저씨는 평소와 다르게 얼굴이 부드러워졌다.

"그때 내 나이가 14살, 지금 네 나이였구나. 옹기점에서 태어났고 옹기점에서 자라서 그랬겠지만 그땐 나도 한참 옹기를 만드는 것이 궁금하기 짝이 없을 때였지. 당시에 회장님은 우리 아버지의 뒷일꾼으로 있었고, 나는 회장님을 친형처럼 졸졸 따라다녔다. 배론*에서 살 때였다."

나는 끼어들지 않을 수 없었다.

"우리 회장님이 형이었다고요?"

"한땐 그랬지."

아저씨는 어린 시절을 생각하면서 웃음기를 띠었다가 금세 얼굴이 굳어졌다.

"어느 날 밤, 손님이 오셨어. 황사영이란 선비였는데, 누더기를 걸친 모습이었어. 회장님 나이밖에 되지 않는 젊은 사람이었지만 회장님이 선생님으로 모셨지. 어디 회장님뿐이었겠느냐? 우리 아버지를 포함해서 옹기터에 있는 사람들은 모두 선생님으로 모셨다. 그랬으니 나한테는 얼마나 어려운 분이었겠느냐? 조금 무섭고 두려웠다."

"왜요?"

난 비밀스럽고 재미난 옛날이야기를 듣고 있는 것 같았다.

"얼마나 소중한 분이었는지, 그리고 얼마나 위험한 분이었는지, 옹기 창고 뒤편에 땅굴을 파고 그 안에 숨어 계셨어. 난 모른 척했지만 모든 관심이 땅굴 쪽으로 가 있었어. 늘 불안했지. 혹시나 들키지는 않을까, 들키면 어떻게 될까? 난 무서웠지만 어느 누구한테도 왜 숨어 있는지, 어떤 분인지, 물어보지도 못했다."

"회장님의 선생님 성함을 다시 한 번 더 말해 주세요."

★배론마을 : 충청북도 제천시 주유산 자락에 있는 마을. 이곳에 천주교인이 모여 살던 옹기촌이 있었다.

"황사영, 알렉시오 선생님이셨다."

"황, 사, 영! 알렉시오!"

나는 이름을 외워 두고 싶었다. 지금까지의 이야기로만으로도 큰일이 일어날 게 분명했다.

"결국 일이 터졌지. 어느 날, 관군들이 들이닥쳤어. 황사영 선생님뿐만 아니라 우리 아버지부터 회장님의 가족까지 모두 잡혀 갔지?"

"왜요?"

"왜긴, 천주쟁이라고 잡아들인 것이지."

"천주쟁이가 무엇을 잘못했는데요?"

"여자도 남자와 똑같이 존귀한 사람이라고 했고, 아이들도 어른들처럼 대접을 해 줘야 하고, 천민들도 양반들과 똑같은 사람이라고 했고, 제사도 지내면 안 된다고 했단다."

"생각해 보니 좀 떨리는데요?"

"어디 그것뿐이겠느냐? 임금님도 우리들도 모두 똑같이 귀한 사람이라고 하느님은 말씀하신단다."

"그렇게 말씀해 주시니 고맙긴 한데……. 문제가 있는 것 같긴 해요."

"그럼 넌 천민으로 태어났으니 하찮은 사람이고 저기 오곡마을에서 양반으로 태어난 아이들은 소중한 사람인 거냐?"

"아니요. 그런 건 아니에요."

난 아니라고 말하면서 가슴이 뜨거워졌다. 도야지랑 마을 아이들끼리 나눴던 이야기였다. 의심이 생겨났다.

"들판에 핀 꽃들은 모양도 색도 다르지만 모두 예쁘다고 하는데, 사람은 모두 같은데도 왜 양반이 있고 상민과 천민으로 나뉘어야 하는 걸까요? 누가 양반만 귀한 사람이라고 정해 줬을까요?"

말을 하다 보니 다른 의심이 생겨났다.

"그런데 황사영 선생님은 양반이잖아요."

"그렇지."

"그런데 왜 우리 천민 편을 들어줬어요?"

"한두 가지로 간단히 이야기할 만한 게 아니구나."

아저씨는 나에게 설명해 줄 생각이 아닌 것 같았다. 하지만 내가 말없이 아저씨를 쳐다보고 있자, 입을 쩝쩝거리며 말문을 열었다.

"양반들도 서로 간에 편을 나눠서 당파싸움을 하고 있었지. 누구 편에 서느냐에 따라서 쉽게 출세도 하고 그렇지 않기도 했어. 뭐, 우리처럼 상민이나 천민이 아무리 애써도 양반처럼 살 수 없는 것처럼 양반도 북인이냐 남인이냐, 시파냐 벽파냐에 따라서 관직에 나갈 수 있었으니까."

내가 말없이 쳐다보기만 하니, 한백겸 아저씨도 나를 가만히 바라보다가 물었다.

"내가 무슨 말 하는지 못 알아듣겠지?"

"대충은 알아들을 수 있을 거 같아요."

"이야기 그만할까?"

"아니요, 계속 듣고 싶어요."

아저씨는 눈을 껌뻑거리다가 다시 이야기를 했다.

"남인의 시파들이 별로 힘을 못쓰고 있을 때니까, 아무리 노력을 해도 출세하는 데 한계가 있기도 했지만 젊은 선비들이 세상을 바라보는 눈이 달라진 거야. 성리학 세상에서 새로운 세상을 갈망하는 젊은 학자들에게 서학과 함께 들어온 천주학은 참세상이었거든. 충격이었어. 노비가 대부분을 차지하는 나라에서 인간 존엄을 말하고 박애를 이야기하는 거야. 유교로는 해석되지 않았던 세상이 천주학으로 바라보니 해결이 되고 말야. 어디 그것뿐이었겠느냐? 서학과 함께 들어온 서양의 학문과 문물을 바라보면서 스스로 우물 안의 개구리라고 느끼게 된 거지. 천문학, 기하학, 망원경, 자명종, 천구의 등 이것저것 많았겠지만 특히나 세계 지도는 젊은 선비들의 세계관을 송두리째 흔들어 버렸지."

"지도가 왜요?"

"지구가 둥글다는 것이야."

"지구가 둥글어요?"

"그래!"

"이 땅이 공처럼 둥그렇다고요?"

나는 땅을 발로 쿡쿡 밟아대며 물었다.

"너도 이상하잖아, 지구가 둥글다는 게. 그런데 공부를 많이 한 선비들의 생각은 어떠했겠느냐? 무엇보다도 자신들이 굳게 믿고 있었던, 중국이 세상의 중심이란 생각을 흩뜨려 놓은 거야."

"왜요?"

"너는 둥그런 공의 중심이 어디라고 말할 수 있겠느냐?"

생각해 보니 공의 중심은 어디든 모두 중심이었다. 즉 내가 살고 있는 곳이 중심이고 바로 내가 중심이었다. 모두 평등한 것이다. 나도 생각이 복잡해졌다. 골똘히 생각하고 있는 나를 바라보며 아저씨가 물었다.

"무슨 생각을 하느냐?"

"어디든 어느 곳이든 하느님의 세상이네요."

내 대답에 아저씨 눈이 커졌다.

"그렇구나! 세계 지도가 중국 이야기가 아니라, '하느님의 땅' 이야기였구나!"

아저씨는 혼잣말을 하면서 얼굴이 밝아졌다.

"엇봉이 선생이 너를 칭찬한 이유를 알겠다. 그렇게 보면 너도 위험한 인물이구나."

"뭐가 위험해요?"

"이 세상을 너처럼 '하느님의 땅'으로 보는 사람들은 모두 잡혀가 죽지 않았더냐? 너의 아버지도 나의 아버지도 황사영 선생님도……."

다시 황사영 선생님의 이야기로 돌아왔다. 우린 잠시 아무 말
도 하지 않고 읍내를 바라보고 있었다. 뻔한 이야기지만 난 황
사영 선생님이 어떻게 되었는지 궁금했다. 물어보지 않을 수 없
었다.

"잡혀간 사람들은……."

"휴!"

아저씨는 한숨을 내쉬고는 먼산을 바라보며 말을 이었다.

"황사영 알렉시오 선생님은 그해 11월 5일에 능지처참을 당하
셨다."

"능지처참이요?"

아저씨는 슬픈 표정을 짓더니, 얼굴이 찌그러졌다.

"능지처사형을 당했어. 팔다리 머리가 모두 찢겨 나갔단다."

"으."

난 두 손으로 입을 가렸다. 아저씨도 울컥울컥 말이 막히기
도 했고, 손이 떨리는 게 보였다. 그러면서도 계속 이야기를
했다.

"황사영 선생님이 능지처사형을 당하고 한 달 뒤인 1801년 12
월 30일, 경기도 광주. 난 똑똑히 기억한다. 우리 아버지, 한덕
원! 토마스 한은 커다란 칼에 목이 베어졌다. 회장님 아버지도,
우리 아버지도 너희 아버지처럼 참수형을 당한 거야."

아저씨 목소리는 사람의 소리가 아니었다. 뒤틀린 문짝이 열리는 듯 덜컥거리기도, 찌걱대는 소리가 나기도 했다. 참고 참았던 아저씨는 저 깊숙한 가슴속에서 울부짖는 소리를 냈지만 눈물을 흘리진 않았다. 아저씨 말처럼 아저씨는 울지 못했다.

그런 아저씨를 보니, 나까지 숨이 막혀 왔다. 아저씨도 얼마나 힘들었을까? 이번엔 내가 아저씨를 안아 줬다. 14살이었던 아저씨를 지금 14살인 내가 안아 줬다.

1801년 신유박해로 황사영, 정약종, 이승원, 권철신, 중국인 주문모 신부 등 천주교인 100여 명이 처형당했고, 400여 명이 유배를 갔다고 했다. 그렇게 무서운 일을 당하고 살아남은 회장님 가족과 아저씨 가족들은 내가 살던 경상도로 몰래 숨어들어 와 살았다고 했다. 물론 거기에서 얼마 살지도 못하고 다시 도망쳐 나와 지금 이곳 전라도 땅 곡성에서 살고 있다.

이제 난 아저씨를 이해할 수 있다. 어렸을 때부터 사람들이 죽어 나가는 모습을 너무 많이 봐 온 것이다. 아저씨는 늘 불안해했다. 관군들이 언제 들이닥칠지 모른다는 불안감에 짓눌려 있으니 나한테 곡성 관아를 잘 지켜봐야 한다고 다짐을 받아 두려는 것이다.

툭하면 아저씨는 이모네 주막에서 술을 마시고 한바탕 소란을 피웠다.

"이 사람아, 술 좀 그만 마시라니까?"

이모가 아저씨에게 역정을 냈다. 몸을 가눌 수 없을 만큼 술을 마시고도 술을 더 달라고 했다.

"돈 낸다니까. 주막에 있는 술 다 내와, 내오라고!"

와장창!

아저씨가 비틀거리는 바람에 술 단지와 투가리가 바닥에 떨어져 깨져 버렸다.

"또 행패야? 주막이 니 행패 부리는 곳이냐고, 엉?"

"이깟 투가리, 얼마든지 가져다 줄 테니 염려 마시라고요!"

소리를 고래고래 지르는 한백겸 아저씨를 이모부가 주막 밖으로 끌어냈다.

"다시는 주막 근처에 얼씬 거리지도 마!"

술에 취한 한백겸 아저씨는 이모부의 힘을 당해내지 못했다.

"에이, 허구헌날 이게 뭐람!"

생떼를 부리던 아저씨가 주막 밖에 한동안 널브러져 앉아 있더니, 일어나 옹기촌으로 갔다.

나도 아저씨를 지켜보고 있다가 안심이 되어서 주막으로 들어갔다. 이모가 난장판이 된 주막을 치우고 있었다.

"우리 찬성이 왔네!"

이모가 깨진 투가리들을 치우면서 혼잣말을 했다.

"알지 알아! 마음속에 울분이 들어찼겠지."

이모부가 듣고 있다가 말을 보탰다.

"옹기촌에서 가슴앓이하지 않는 사람이 어딨어!"

말은 투덜거렸지만 이모부는 뒤돌아서서 성호경을 긋고 눈을 지그시 감았다. 나도 얼른 성호경을 긋고 눈을 질끈 감았다.

"하느님, 한백겸 아저씨가 울 수 있게 해 주세요!"

8. 나의 을해박해

한백겸 아저씨가 내게 해 준 말은 많은 것을 궁금하게 만들었
다. 밤이 깊었는데도 잠이 잘 오질 않았다. 방으로 여치까지 두
마리나 들어와서 찌~ 찌~ 시끄럽게 굴었다.

"엄마, 자요?"

"왜?"

"아버지는 어떤 사람이었어요?"

"휴, 아버지는 상여꾼이었다."

엄마는 띄엄띄엄 이야기를 해 나갔다. 여치도 잠시 조용했다가
다시 울곤 했다.

"아주 천한 직업이지. 사람 취급을 아예 해 주지 않는 사람들도
있었어. 천한 것들이라고!"

'천한 것'이란 말이 나오자 석열이 아버지와 엄마가 떠올랐다.

비록 양반은 아니지만 옹기촌에서는 모두 우리를 귀하게 대해 줬다. 최소한 천한 것들이라고 표시는 내지 않았다. 그런데도 석열이 아버지와 엄마가 '천한 것'이라고 했을 때, 어디서 많이 들어본 말 같았다.

"그렇게 천한 일을 하면서 살았어도 네 아버지는 아주 착한 사람이었단다. 주인 없는 시신들까지 모두 거둬들여 장사를 지내 줬으니까. 그러던 어느 날 회장님과 한백겸 아저씨와 몇몇이서 우리 마을로 이사를 왔어."

"우리 마을이요?"

"네가 태어난 곳, 경상도 청송 노래산 교우촌이란다."

"나는 하나도 생각이 안 나요."

"그럴 수밖에 넌 거기에서 3살 때까지밖에 살지 않았으니까."

"아!"

난 고개만 끄덕였다. 처음으로 내가 어렸을 때 이야기를 엄마와 나누게 되었다. 너무나 무섭고도 슬픈 이야기였던 까닭에 서로 묻지도 말하지도 않았던 것이다. 엄마도 나도 일어나 벽에 기대어 앉았다.

"한백겸 아저씨가 우리 마을에 올 때는 나보다 조금 어렸으니까 지금 네 나이쯤 되었을까? 처음엔 회장님의 아들인 줄 알았는데, 형이라고 부르더라고. 회장님과 함께 온 모든 사람들은 친절했고, 우리한테도 사람 대접을 해 줬지. 천민으로 살면서 처음으로 사람다운 대접을 받은 아버지도 회장님에게 마음을 줬고, 천주학을 공부하기 시작했단다. 아버지가 가장 자주 했던 말은 '우리가 이 세상의 주인인 거야'라는 말이었지. 하지만 천주학으로 많은 사람들이 죽었다는 소문이 나 있어서 조심스럽게 모임을 가질 수밖에 없었어. 그래도 얼마나 행복한 시절이었는지 모른다. 네 아버지를 그때 만났고. 아버지랑 함께 하느님을 모시는 게 얼마나 가슴 벅찬 일이었는지!"

내가 바라보던 엄마의 얼굴 중에서 가장 행복한 모습이었다. 가장 평온한 모습이었다. 엄마가 이렇게 이쁜 얼굴인지도 첨 느꼈다.

"그런데요?"

내 목소리에 엄마는 행복하고 평온한 얼굴을 순식간에 거둬들여 버렸다. 죄송스러웠다. 하지만 엄마는 달떴던 목소리를 가라앉히고 다시 차분하게 이야기를 해 나갔다.

"그해가 되기 전, 1814년에 심한 흉년이 들었단다. 흉년뿐만 아니라 홍수도 심했어. 물에 휩쓸려 사람이 죽어 나갔고, 농사도 집도 잃은 사람들이 굶어 죽어 나갔지. 인심이 흉흉해질 수밖에 없었어. 그렇게도 힘든 때 네가 태어났어. 마음대로 먹을 수가 있어야 젖이 나오지. 너도 젖이 부족하니 늘 칭얼댔단다. 그렇게 굶고 살지만 않았어도 네가 이렇게 약하진 않았을 텐데……. 키도 이보단 더 컸을 거고."

엄마 이야기는 내 몸이 약한 것으로 빠져 버렸다.

"그래서 어떻게 되었어요."

"응 응, 살기가 힘들어지니까 인심이 사나워진 거야. 그래도 우리 노래산 교우촌은 다른 곳보다는 나았어. 서로 식량을 구하게 되면 나눴으니까. 굶어서 죽어 나가는 사람은 없었어. 백겸이 아저씨나 회장님뿐만 아니라 교우촌 사람들은 궂은일을 마다하지 않고 닥치는 대로 일을 하였으니까. 그런데 홍수와 흉년이 들었던 그 다음 해인 1815년, 생각지도 않은 데서 문제가 생겼다."

엄마는 말을 끊고 한숨을 먼저 뱉어내 놓고 말을 이었다.

"전지수! 잊을 수 없는 이름이구나. 가진 것이 없는 사람이었지. 어디에서 고기를 구하면 가져와서 교우촌에 팔기도 했지만, 여기 기웃 저기 기웃거리면서 얻어먹고 다니는 걸인이나 다름없는 사람이었다. 교우촌 사람들은 전지수를 애처롭고 가엾게 여겨 먹여 주고 재워 주면서 챙겼는데, 교우촌 사람들도 굶기를 밥 먹 듯하게 되면서 그 사람을 챙겨 줄 여력이 없었던 거지. 전지수, 그 사람이 그동안 한없이 보살핌을 받다가 못 받으니 노여워진 거야. 우리 교우촌 사람들을 포졸들한테 밀고를 했어. 교우촌 사람들은 부자이고, 재산을 빼앗을 수 있는 방법이 있다고, 포졸들을 부추긴 것이지. 포졸들도 외지에서 온 사람들이라서 주변 사람들 눈치를 볼 필요도 없었고. 결국 관아에서는 교우촌 사람들을 모두 잡아들이고 그나마 교우촌 사람들이 가지고 있는 건

모조리 빼앗아 갔어. 한 번 시작이 되니 걷잡을 수 없었어. 우리 노래산 교우촌뿐만 아니라 주변 교우촌까지 모두 도륙을 당한 것이지. 전지수와 일부 포졸들의 개인 욕심에서 시작한 일이 관아에서 추켜들면서 일파만파 온 세상으로 퍼져 나갔지. 교우촌 사람들은 아무리 억울하더라도 하소연할 곳은 없었어. 아니, 잡히면 죽을 테니 도망칠 수밖에 없었어. 오래 전, 신해년에 있었던 박해와 신유년에 있었던 박해를 겪으면서 목숨을 부지하기 위해 도망쳐 온 사람들이잖아."

엄마는 말을 뚝 끊었다. 이제부터 아버지 이야기였다. 내가 말을 이었다.

"왜 아버지는 도망가지 않고 잡혔어요?"

"우린 고향이었잖아. 그리고……."

엄마는 다시 말을 끊고 나를 빤히 바라보았다.

"그리고요?"

"네가 어리고 병치레를 많이 해서, 먼길을 데리고 나서기가 두려워 잠시 주저하다가 붙들린 거지."

"나는요?"

"당연히 너는 내 품에 안겨 있었으니 같이 경상 감영까지 끌려갔었고."

"나도 끌려갔었다고요?"

"그렇게 됐지."

"그래서요?"

나는 온갖 상상이 다 되었다.

"네 아버지는 곤장을 맞으면서도 끝까지 하느님을 놓지 않으셨다. 그렇게 고문을 받으면서도 하느님만 찾으셨어."

"엄마는요?"

"난……."

엄마는 말을 잇지 못했다. 나는 엄마가 이야기를 해 줄 때까지 조용히 기다렸다.

"난, 하느님을 믿지 않는다고 했단다."

엄마는 다시 말을 끊고 한참 동안 있었다. 두 손을 모으고 고개를 푹 수그린 채 말을 이었다.

"고문 받는 사람들의 고함소리와 신음 소리만으로도 치가 떨리게 무서웠다. 난 네 핑계를 댔단다. 하느님, 하느님 용서해 주십시오. 우리 찬성이를 살려 주십시오, 하느님!"

엄마는 나를 안고 있는 듯, 어린 나를 어르는 듯 몸을 앞뒤로 흔들었다.

"난 내가 고문을 당하는 걸 상상하는 것도 싫었고 무서웠지만 내 몸이 만신창이가 되면 너를 어떡한단 말이냐? 그렇잖아도 병치레 많은 너를 돌봐 줄 사람이 어디 있겠느냐? 난 모든 게 너무 너무 무서웠단다."

엄마가 배교를 한 게 내 탓인 것만 같았다. 엄마답지 않게 어쩔 줄 몰라 했다.

"난, 형방이 묻는 말에, '난 하느님을 믿지 않습니다'라고 여러 번 말했다. 형방은 나를 말없이 바라보더니, 나가라고 했다. 난 고맙습니다, 고맙습니다, 머리를 조아리면서 뒤도 돌아보지 않고 집으로 돌아왔단다. 그런데 집에 돌아와서는 마음이 찢어지듯 아팠다. 하느님을 되뇌며 울고 울었는데 니가, 니가 아장아장 걸어와 눈물을 닦아 주었단다."

"엄마, 울지 마."

나는 다시 엄마의 눈물을 닦아 줬다. 그리고 엄마와 난 함께 실컷 울었다.

"엄마는 감옥에 갇힌 아버지 뒷바라지를 했지. 이곳저곳에서 잡혀온 사람들이 대구 감영으로 이송되었고. 그곳에서는 고문이 너무 심해 감옥에서 사람들이 많이 죽어 나갔다. 차마 눈을 뜨고 볼 수 없었지. 곤장을 너무 많이 맞아서 살점이 뜯겨 나가고, 뼈가 허옇게 드러나기도 했어. 밥도 주지 않고 넘어갈 때가 많았는데 치료는 당연히 받을 수가 없었지. 그러니 장독으로 살이 썩는 냄새가 진동을 하더구나."

엄마는 그때의 살 썩는 냄새가 떠오른 듯 잔뜩 인상을 썼다.

"그렇게 옥살이를 1년 반 하고 난 뒤, 1816년 12월 16일. 대구 관덕정에서 일곱 명이 참수되었다. 그때 네 나이가 세 살이었는데, 네가 그날을 기억하고 있을 줄 몰랐구나."

이제 나도 그날을 생생하게 기억하게 되었다.

"관아에서는 아버지한테 하느님을 믿지 않겠다고만 하면 풀어 준다고 했는데, 아버지는 끝까지 하느님을 믿는다고 말했단다."

난 할 말을 잃어버렸다. 믿지 않겠다고 말만 하면 풀어 준다는데, 엄마와 나를 남겨 놓고 죽었다고? 문득 원망스러워졌다.

"어떻게 그럴 수가 있어요?"

화가 났다. 아버지가 원망스러울 뿐 아니라 하느님도 이해가 되지 않았다. 하느님께 따져 물었다.

"하느님, 우리 아버지가 하느님을 애타게 찾았는데도, 하느님은 왜 바라보고만 계셨어요?"

잠자코 듣고 있던 엄마가 일어나더니 호롱에 불을 붙였다. 그리곤 석작 속 가장 아래에서 작은 보따리를 하나 꺼냈다. 보따리에서 제법 두툼한 책 한 권과 내 두 손에 잡힐 만한 십자가가 나왔다.

"이게 뭐예요?"

"니 아버지가 잘 간수하라던 성경책이다."

"아니, 이거 말이에요."

고상(십자가에 못 박힌 예수님의 수난을 그린 그림이나 새긴 형상)을 들어올렸다. 십자가에는 양손과 발에 못이 박혀 매달려 있는 사람이 있었다.

"하느님이에요?"

"하느님의 외아들인 예수님이란다."

예수님, 말로만 들었던 예수님은 내 생각과는 완전히 다른 모습이었다. 머리에는 가시관을 쓰고, 갈비뼈가 다 드러나도록 야윈 몸으로 벌거벗은 채 십자가에 못 박혀 있었다.

"예수님이 왜 이렇게 힘든 모습으로 있어요?"

"예수님은 하느님의 아들이지만 우리의 죄를 없애기 위해 하늘에서 사람의 모습으로 오셨다가 돌아가셨어."

"하느님의 아들도 죽어요?"

"글쎄다. 회장님한테 물어봐야겠구나."

난 고상을 집게손가락으로 살며시 쓰다듬어 보았다.

9. 정약종, 황사영, 나의 선생님

다음 날, 엄마는 성경책을 보자기에 싸서 가슴에 꼭 안았다. 그리곤 나를 불러 앞세웠다.

"회장님 댁으로 가자."

"회장님 댁으로요?"

엄마는 고개를 끄덕였다. 회장님 댁 골목으로 들어서니, 원로 형과 을보 형이 웬일이냐는 듯 눈이 똥그래졌다. 형들의 엄마인 막달레나 아주머니가 나와서 우리를 맞았다.

"찬성이 어머니가 아침 일찍 웬일이세요?"

"회장님 뵈러 왔어요."

내가 당당하게 이야기하자, 막달레나 아주머니가 내 머리를 쓰다듬어 줬다. 아주머니는 언제 봐도 조용했다. 그냥 얼굴만 봐도 마음이 편해져서 기분이 좋아졌다. 곧 방문이 열렸다. 회장님도 웬일이냔 듯 눈을 끔벅였다.

"방에 들어가서 드려야 할 이야기가 있어서요."

엄마 말에 회장님이 들어오라고 손짓을 했다.

"너도!"

엄마 말에 나도 따라 들어갔다. 회장님 방은 처음이었다. 엄마는 가져간 성경책과 고상을 회장님 앞에 밀어 놓았다. 회장님도 말없이 보따리를 받아 펼쳐 보았다. 그리곤 놀라는 눈빛으로 성호를 긋고 두 손을 모았다.

"이걸 어떻게 찬성이 어머니가 가지고 계셨어요?"

"그해, 교졸들이 휘몰아칠 때 찬성이 아버지가 잘 보관하고 있으라며 저한테 줬어요."

"아, 이렇게 귀한 걸, 고맙습니다, 고맙습니다."

회장님이 책과 고상을 두 손으로 받들고 말을 이었다.

"이건 나의 스승인 황사영 선생님이 한문 성경책을 한글로 다시 써낸 책입니다. 이 책을 다시 만나다니 스승님을 만나 뵌 것 같습니다."

나는 황사영 선생님의 이름을 다시 듣게 되어 반가웠다.

"황사영 알렉시오 선생님, 저도 알아요."

"응?"

회장님은 네가 어떻게 아느냐는 듯 나를 빤히 바라보았다.

"한백겸 아저씨가 배론에서 살았던 이야기를 해 줬어요. 신비

한 분 같아서 이름을 외워 뒀어요."

"그렇구나. 그 시절이 생각나는구나."

회장님 얼굴만 봐도 얼마나 그리워하는지 알 수 있었다.

"황사영 선생님은 나보다 한 살밖에 많지 않았지만 난 선생님으로 모셨다. 천주님이 아니었다면 나같이 평범한 사람은 평생 가야 얼굴 한 번 볼 수 없는 대단한 분이셨단다."

회장님도 황사영 선생님 이야기를 나한테 해 주고 싶었던 것이 분명했다.

"황사영 선생님은 태어나기도 전에 아버지가 돌아가셔서 아주 힘들게 사셨단다. 그래도 아주 영특해서 정약종 선생님을 찾아가 제자로 받아 달라고 간청을 드려서 정약종 선생님을 스승으로 모셨지. 그래서 나도 마음으로는 정약종 선생님을 큰 스승님으로 모신단다."

나도 생각해 보았다. 회장님을 나의 스승으로 모시면 황사영, 정약종 선생님이 모두 나의 큰 스승님이 되겠구나, 생각했다. 내가 헛생각을 하고 있는데, 회장님은 이야기를 계속했다.

"황사영 선생님은 얼마나 영특하셨던지, 16살에 전국에서 240여 명을 뽑는 초시에서 장원으로 뽑혔다더구나. 어디 그뿐이겠느냐? 진사시에서도 장원에 뽑혔단다. 너무 뛰어난 답안지였던 까닭에 정조 임금님이 친히 내전으로 불러들였단다. 그런데 더욱 놀라운 건 17세밖에 안 된 아이였던 거야. 임금님은 너무나 놀

랍고 기뻐서 친히 황사영 선생님의 손을 맞잡고는…….”

회장님은 스스로 임금님처럼 흐뭇한 얼굴로 잠시 뜸을 들였다
가 나를 바라보며 말했다.

“네가 20세가 되면 벼슬을 내릴 테니 우리 함께 일하자꾸나.
그리고 그동안 공부에만 열중할 수 있도록 장학금을 내리도록
하겠다.”

나도 내가 황사영 선생님이 된 것처럼 자랑스러워졌다.

“진짜로요?”

“그럼 그렇고말고. 황사영 선생님이 얼마나 대단한지 알 수 있
는 이야기지. 황사영 선생님도 임금님이 친히 손을 잡아 주니 얼
마나 감격스러웠겠느냐? 그래서 황사영 선생님은 임금님이 잡아
준 오른손을 비단으로 감싸고 다녔단다.”

회장님은 황사영 선생님이 된 듯 자신의 손을 어루만졌고, 나
도 내 손을 슬며시 만져 보았다.

“그런데 황사영 선생님은 정약종 선생님한테 천주학을 배우면
서 스승처럼 벼슬에 나가지 않기로 결정을 해 버렸단다. 결국은
황사영 선생님은 임금님이 내려 보내 준 장학금도 거부하고 과거
시험을 포기해 버렸지.”

“임금님한테 감히 그럴 수 있어요? 그런데도 임금님이 가만있
었어요?”

“임금님은 황사영 스승님의 영특함을 알고 있었고 너무 아꼈기

때문에 그럴 만한 이유가 있을 거라고 생각해 줬을 게다."

황사영 선생님이 너무 멋있어 보이기도 했지만 나 같으면 어떻게 했을까 생각해 보았다.

"그렇게 과거 시험을 보지 않기로 맘을 먹은 선생님은 한문으로 쓰여진 천주학 교리책을 한글로 다시 쓰고 필사하게 하여 많은 사람들이 천주학을 이해할 수 있도록 하였을 뿐만 아니라 교리 교육을 맡아서 해내셨지. 그 뒤에는 중국에서 우리나라에 들어온 첫 번째 신부님인 주문모 신부님을 모시고 전국을 돌아다니며 전교 여행을 하셨단다. 그때 내가 살던 옹기촌, 배론에서 처음 뵈었지."

"그때부터 황사영 선생님을 모셨어요?"

"그땐 흠모만 하였지. 그보다는 난 주문모 신부님께 세례를 받아 내 세례명이 바오로가 되었단다."

"세례요?"

"세례란 것은 성스러운 물로 씻어내는 의식인데, 그동안의 모든 죄를 씻어내고 완전히 새롭게 태어나는 것을 뜻한단다. 그때 세례를 받으면서 비로소 나도 온전한 천주학 신자가 되었지. 바오로란 세례명으로 다시 태어났고 첫 영성체를 하게 되었구나."

"무슨 말인지 하나도 모르겠어요. 세례명은 뭐고 영성체는 또 뭐예요?"

"세례명은 천주학에서 공경 받는 성인 중에서 한 분의 이름을 얻어서 다시 태어나는 걸 뜻하고, 영성체란 신부님이 밀떡과 포도주를 축성하여 그리스도의 몸과 피로 변한 신앙의 신비로움을 받아 모시는 일이란다."

"회장님, 세례명이 바오로가 되었다는 건 알아듣겠는데요, 영성체요? 몸과 피를 받아 모셔요? 도저히 무슨 말인지 알아들을 수가 없어요."

회장님이 자리를 고쳐 앉으며 다시 설명을 했다.

"허허, 몇 마디 설명으로 알 수 있는 건 아니구나. 영성체를 좀 더 자세히 이야기해 주마. 예수님이 아주 오래전에, 천 팔백 년 전에 십자가에 못 박혀 돌아가시기 전날, 돌아가실 것을 미리 알고 열두 제자들과 마지막 식사를 하셨다는구나. 그때 밀떡과 포도주를 가리키면서 '이건 내 피와 살이다. 나는 하늘에서 내려온 빵이다. 생명의 빵이다. 나를 믿는 자는 결코 목마르지 않을 것이다. 나를 먹지 못하면 생명을 얻지 못할 것이다. 내 살을 먹고 내 피를 마시는 사람은 나로 말미암아 영원히 살 것이다.'라고 말하면서 제자들에게 나눠줬다는구나. 그 마지막 식사처럼 신부님께서 예수님을 대신해 드리는 예식을 미사라고 하는데, 예수님의 몸으로 바뀐 밀떡을 우리에게 나눠주는 걸 성체 성사라고 한단다. 이렇게 설명은 해 보지만 이해가 잘 안 될 것 같구나."

"아니요. 조금은 이해되었어요. 첫 영성체 때 회장님이 감격한 모습도 떠올랐어요. 드디어 하느님과 한몸이 된 느낌이었을 거 같아요."

"허허허, 넌 엇봉이 선생의 자랑이 아니라 우리 덕실의 자랑이 구나. 그렇게 궁금한 게 많으니 나하고도 친하게 자주 보며 지내 자꾸나."

"네 고맙습니다, 회장님. 그런데 왜 우리는 미사를 안 드려 요?"

"미사는 신부님만 드릴 수 있는 예식이지. 우리끼리는 할 수 없 단다. 그러니 너도 다음에 꼭 신부님을 만나서 세례도 받고 영성 체도 해야 한다. 그리 해야만 영원한 생명을 얻어서 하늘에 먼저 가 계신 아버지도 만나고 우리 모두 함께 영원히 살 수 있을 거 아니냐."

"네, 알겠습니다."

"그런데 내가 대신……."

회장님이 눈을 살며시 치켜뜬 채 나를 바라보며 말꼬리를 흐렸 다. 나는 되물었다.

"대신요?"

"세례는 내가 줄 수 있구나."

"세례요?"

엄마가 얼른 끼어들었다.

"어이쿠, 회장님이 우리 찬성이한테 대세를 주시면 그야말로 영광이지요."

"찬성아, 세례를 받고 싶으냐?"

"네, 받고 싶어요."

바깥에서는 세례명을 함부로 부를 수 없지만 기도를 드리거나 가마 안에서는 서로 세례명을 불렀다. 세례명을 가지게 된다면 비로소 나도 진짜 덕실마을 사람이란 생각이 들 거 같았다. 그런 까닭에 난 생각 없이 얼른 대답했는데, 회장님은 나를 지그시 바라보더니 말했다.

"그렇다면 교리 공부를 열심히 받아라."

회장님 당부 말에 나 대신 엄마가 인사를 했다.

"고맙습니다, 회장님!"

이렇게 나에게 회장님과의 약속이 생겨났고 신부님을 만나야 할 숙제가 생겨났다. 엄마가 다시 말을 이었다.

"회장님, 우리 찬성이를 잘 보살펴 주세요."

"당연한 말씀이지요."

엄마가 머뭇거리다 말을 이어 갔다.

"실은 찬성이 아버지가 돌아가시기 전에 마지막 유언을 남겼어요. 회장님을 꼭 찾아가서 성경책과 고상을 전해 드리고 우리 찬성이를 잘 보살펴 달라는 부탁을 전하라고 했답니다."

회장님은 고개를 끄덕였다.

"그렇잖아도 찬성이를 내 손자처럼, 제자처럼 바라보고 있답니다."

"고맙습니다. 회장님! 회장님께 누가 될까 봐 지금껏 성경책도 제가 가지고 있었고, 찬성이 부탁도 못 드렸는데, 정말 고맙습니다."

엄마가 방바닥에 머리가 닿도록 조아리며 펑펑 울었다. 난 엄마가 왜 이렇게 울까, 생각하며 나도 덩달아 머리가 방바닥에 닿게 절을 했다.

"허허허 그래, 니가 내 손자 겸 제자가 되어라."

"그렇잖아도 회장님을 저의 스승으로 모시면 정약종, 황사영 선생님이 모두 저의 스승님이 되겠구나, 생각을 하고 있었답니다."

"허허허, 넌 참말로 하나로 열 개를 만들어 내는 신통한 녀석이로구나. 맞다! 정약종 선생님도, 황사영 선생님도 이 세상을 이미 떠났지만 저기 저 하늘에서 너를 제자로 맞아들일 게 틀림없구나."

회장님이 하늘을 가리키며 말했다. 이렇게 난 선생님이 한꺼번에 세 분이나 생겼다.

10. 항아리에 구름이 피어오르듯

　오늘은 가마터에 형들과 뒷일꾼 아저씨들만 일을 했다. 건조장에서 항아리에 잿물 입히는 작업을 하는 날이기 때문이다. 어떤 작업이든 재미있지만 잿물 입히는 일은 또 다른 재미가 있었다.

　잿물은 매끈한 황토에다가 불을 땐 짚이나 아궁이에서 나온 재를 잘 섞어서 만든 물인데, 항아리 겉에 입히는 것이다. 아직 항아리는 마른 흙덩이라서 잿물을 빨리 입히지 않으면 주저앉아 버리기 때문에 아주 빠르게 작업을 해야 한다.

　작은 항아리는 잿물에 넣었다 빼내면 되지만 커다란 항아리는 바가지로 부었다가 빨리 퍼내야만 했다. 그런데 난 무엇보다도 잿물이 항아리에 다 스며들기 전에 항아리 겉에 그림을 그리는 게 가장 재밌어 보였다.

"삼촌, 여기 나갑니다."

원로, 을보 형이 항아리에 잿물을 입히고, 항아리 아래 바깥 바닥을 쓱싹쓱싹 손바닥으로 닦아냈다. 구워지면서 잿물 때문에 항아리끼리 서로 엉겨 붙지 않게 하려는 것이다. 형들이 항아리를 놓자마자 형삼이 아저씨가 얼른 항아리에다 그림을 그렸다.

잿물이 금방 말라 버리니까, 최대한 빨리 그려야 한다. 두 손 엄지손가락이나 세 손가락으로, 또는 가볍게 주먹을 쥔 듯한 새끼 손가락으로 돌돌돌 돌려서 순식간에 그려 넣는다. 그러면 하늘을 나는 나비가 되기도 하고 뭉게구름이 피어오르기도 했다. 아니면 물결 모양이 되었다. 난 옆에 앉아서 감탄만 하면 되는 것이다.

"우와, 아저씨 냇가가 되었어요."

"네 눈에 물결로 보였으니 성공이다!"

"우와, 우와!"

내가 감탄을 하자, 형삼이 아저씨가 더 뽐을 내면서 그렸다. 꽃 위에 나비가 날아가는 그림을 그려 놓았다.

"아저씨가 최고예요."

내 말에 원복이 아저씨가 항아리에 쓱 쓱, 손가락으로 난을 쳤다.

"아니, 원복이 아저씨가 최고예요."

"야, 임마! 너는 맘이 순식간에 왔다 갔다 하느냐?"

형삼이 아저씨 말에 형들이 낄낄댔다.

"우리도 한 번 그려 볼까?"

형들 말에 아저씨들이 고개를 짤짤 흔들었다.

"아서라. 다 된 밥에 코 빠뜨릴라!"

그런데 원복이 아저씨가 나를 불렀다.

"찬성아, 이리 가까이 오너라."

내가 다가가자, 원복이 아저씨가 무릎 위에 앉히고 내 손목을 잡아끌었다.

"손가락에 힘을 빼고 내가 이끄는 대로 가만히 있어야 한다."

"네!"

아저씨 품에 안겼다. 가슴이 두근거렸다. 아저씨가 내 두 손목을 잡고, 엉성한 내 손가락을 항아리 몸에다 대고 빙글빙글 돌렸다. 난 손가락으로 구름을 만지고 있다는 느낌으로, 가만히 두었다.

"워!"

"오, 찬성이 제법인데!"

형들이 나를 보고 칭찬을 했다. 항아리에 뭉게구름이 뭉실뭉실 피어오른 것이다. 나는 한 발짝 떨어져서 항아리에 그린 구름을 바라보았다.

"아저씨, 내 손가락이 그림을 그렸어요!"

"글쎄 말이다. 네 손가락이 이렇게 잘 그릴 줄 몰랐구나."

난 무엇보다도 내 흔적이 항아리에 남았다는 게 믿기지 않았다. 이제 저 항아리를 쓰는 사람은 늘 내 손가락 구름을 바라봐야 할 것이다. 벌써부터 가마에 들어가 구워져 나오면 어떤 그림으로 변하게 될까, 궁금했다.

"항아리에 구름 한 점 그렸는데도 이렇게 두근거리는데, 이 세상을 만드신 하느님은 얼마나 두근거릴까요?"

나도 알 수 없는 말이 나와서 어리둥절해졌다. 모두들 두 눈을 둥그렇게 뜨고 나를 쳐다봤다.

특히나 홍태성 아저씨가 깜짝 놀랐다.

"세상에나, 넌 하느님 마음까지 살펴볼 수 있는 눈을 가졌구나. 내가 아무리 성경 공부를 해 봤자, 헛것이었구나."

이젠 모두들 홍태성 아저씨를 보고 놀랐다. 태성이 아저씨는 모든 사람들한테 지적을 하거나, 잘난 척하기를 좋아했지만 칭찬은 인색하기 그지없었는데, 어린 나한테 이렇게까지 표현해 줬으니 놀라지 않을 수 없었다.

"에이, 모두들 왜 그러세요? 하느님이 사람을 흙으로 빚었다고 엇봉이 선생님이 가르쳐 주었어요."

"그래, 그렇구나. 우리 덕실마을 사람들은 흙으로 옹기 빚는 일을 하니 하느님 맘을 닮지 않을 수 없는 것이구나."

홍태성 아저씨와 내 이야기를 듣고 모두들 입을 쩍 벌리며 감격스러워했다.

"오 하느님, 감사합니다."

아저씨들은 성호경을 그었다.

나는 머리를 긁적이며 돌아섰다. 사실 내 마음속에는 늘 하느님에 대한 생각이 의문투성이였고 불만도 꽤 많았다. 그래서 엇봉이 선생님과 아이들이 성경 공부를 할 때 말고도 어른들이 성경 공부를 할 때 참여해 더 알아내려고 했다. 그런 나를 어른들은 모른 척해 주었다.

요즈음 들어 가마에서 성경 공부를 하거나 기도할 때 우리 동네 사람들뿐만 아니라 옆 마을 사람들까지 모여들었다.

"다른 사람한테 가마터에 간다고 말하면 안 됩니다."

"그럼요!"

"누가 따라오는지도 잘 살펴보고요."

"당연하지요."

한백겸 아저씨는 다른 마을 사람들이 우리 마을에 오는 것을 탐탁지 않게 생각했다. 불안해하거나 신경을 곤두세우는 게 눈에 보였다. 아마 백겸이 아저씨도 나처럼 무서운 생각이 떠올라서 그럴 것이다. 하지만 회장님은 천주님을 알고 싶어하거나 궁금해하는 사람들을 거의 다 받아들였다.

어른들은 어두컴컴한 가마 안에서 호롱불 몇 개에 의지한 채

둘러앉아 기도를 하며 회장님의 말씀을 들었다. 양반 천민 할 것
없이 회장님 말에 귀를 기울였고, 회장님이 먼저 기도문을 선창
하면 모두 함께 따라서 읊었다.

어화세상 벗님내야 이내말씀 들어보소
집안에는 어른있고 나라에는 임금있네
내몸에는 영혼있고 하늘에는 천주있네
부모에게 효도하고 임금에는 충성하네
삼강오륜 지켜가자 천주공경 으뜸일세
이내몸은 죽어서도 영혼남아 무궁하리
인륜도덕 천주공경 영혼불멸 모르며는
살아서는 목석이요 죽어서는 지옥이라
천주있다 알고서도 불사공경 하지마소
알고서도 아니하면 죄만점점 쌓인다네
죄짓고서 두려운자 천주없다 시비마소
아비없는 자식봤나 양지없는 음지있나
임금용안 못뵈었다 나라백성 아니런가
천당지옥 가보았나 세상사람 시비마소
있는천당 모른선비 천당없다 어이아노
시비마소 천주공경 믿어보고 깨달으면
영원무궁 영광일세 영원무궁 영광일세

이내몸은 죽어져도 영혼남아 무궁하리

—천주공경가 (이벽 지음)

어른들이 함께 합창을 하는 목소리는 가마 안에서 둥그렇게 돌아서 나를 포근하게 감싸 안았다. 나도 어른들과 함께 기도문을 가만가만 따라 읊었다.

세상사람 선비님네 이것아니 우스운가
사람나자 한평생에 무슨귀신 그리많노
아침저녁 종일토록 합장배례 주문외고
있는돈과 귀한재물 던져주고 바쳐주고
자고깨고 행신언동 각자귀신 모셔봐도
허망하다 마귀미신 믿지말고 천주믿세
하늘위에 계신천주 벌레같은 우리보소
광대무한 이우주에 인간목숨 내어주셔
대혜지각 깨뜨리며 우주섭리 알고나면
천주은혜 밝은빛을 무궁토록 받들런가
사람지혜 우둔하여 꼭두각시 나무신막
외고우리 복받드냐 절한다고 효자되냐
잘되어서 진복이라 못되면은 남탓이네

—십계명가 (정약종)

내가 손을 들었다.

"회장님!"

모두들 나를 처다봤다. 그래도 난 눈을 동그랗게 뜨고 질문을 했다.

"사람지혜 우둔하여 꼭두각시 나무신막 외고우리 복받드냐 절 한다고 효자되냐, 이게 무슨 말인지 모르겠어요."

어른들도 모르고 외웠는지, 고개를 끄덕이는 사람도 있었다.

"그래, 찬성이가 모르는구나. 외우기만 하면 아무런 소용이 없 겠지. 무슨 뜻인지 잘 헤아려 보고 마음에 새겨야 천주님의 뜻에 따르는 것이지."

회장님은 허리를 꼿꼿이 세우고, 나를 똑바로 쳐다보면서 설명 을 하기 시작했다.

"하느님으로부터 나온 우주 섭리를 알아야 한다는 뜻이다. 사 람들이 지혜랍시고 꼭두각시처럼 나무로 만든 신당에서 경을 외 우고 울고 절을 한다고 해서 복을 받지도, 효자가 되지도 않는다 는 거지."

회장님은 설명을 하고 여전히 나를 빤히 바라봤다. 알아들었느 냐고 묻는 것이었다. 그런데 나보다도 아주머니들이 먼저 대답 을 했다.

"아따, 우리 찬성이가 물어봐 줘서, 긴가민가한 것을 딱 알아부 렀네!"

"앞으로도 찬성이 니가 우리랑 함께 공부를 해야 쓰겠다."

"우리 찬성이가 우리보다 낫네, 최고다!"

전복이 이모부가 나를 대견스러워했다. 내 어깨도 으쓱해졌고, 회장님한테 웃음으로 대답을 했다.

이때부터 나는 아예 어른들이 회합할 때, 당연히 함께 참여를 하게 되었다. 하지만 난 아직 어른들처럼 하루에 세 차례씩 하는 기도는 힘이 들었다. 아침에 일어나거나 저녁에 잠을 자기 전에 성호경을 바치는 건 엄마를 따라 할 수 있지만 기도를 따라 하기에는 시간이 너무 길었다.

"회장님, 어른들은 기도를 왜 그렇게 자주 하고 오랫동안 해요?"

"기도는 하느님과 마주앉아서 이야기를 나누는 시간이니까 그렇지."

"매일 그렇게 할 말이 많아요?"

"허허, 아버지와 자녀가 마주앉아 이야기를 나누는 시간인데, 당연하지 않겠느냐? 조금이라도 더 함께 있고 싶어서 시간 가는 줄도 모른단다."

"무슨 이야기를 나눠요?"

"세상 사는 이야기도 나누고 또 바라는 것이 있으면 부탁을 드리기도 하고 슬프거나 걱정되는 일이 있으면 하소연을 하기도 한단다."

생각해 보니 나도 하느님께 하고 싶은 이야기가 참말로 많았다. 회장님 말씀대로 하느님께 기도 드릴 시간이 길고 많아질 것 같았다.

11. 땅굴 속 황사영 선생님

　형과 아저씨들이 잿물 입힌 항아리를 가마 안으로 옮겼다. 항아리를 잴 때는 회장님이 직접 나서서 지시를 했다. 항아리 어깨 위에다가 항아리를 겹쳐 올리고, 차곡차곡 재었다. 한백겸 아저씨도 나와서 거들었다.

　"아저씨, 이렇게 쌓아 올리면 안 위험해요?"

　"위험하지. 그렇지만 가마 안에다 독을 가득 넣는 것도 중요해. 어차피 똑같이 땔 나무인데 최대한 많은 항아리를 구워 내야지. 그러니 회장님이 나와 계시는 거고."

　회장님이 이리저리 둘러보면서 가마 안을 정리했다. 건조장에 널려 있던 그 많던 항아리들이 가마 안으로 들어가 차곡차곡 쌓였다. 눈으로 보고도 믿기지 않았다.

　"참 알뜰하게도 재었네!"

회장님은 흡족한 표정이었다.

"자, 이제 옹기가 잘 구워질 수 있도록 다함께 성심껏 기도를 드리자!"

모두들 가마 입구, 불을 지필 봉통 앞에 모였다. 정성들여 늘 하던 데로 똑같이 불을 들이면 될 것 같지만 날의 맑기에 따라서, 바람 부는 것에 따라서 매번 달라지므로 마음대로 할 수 있는 일이 아니었다. 그러므로 가마에 불을 지필 때마다 매번 공손한 마음이 되었다.

"성부와 성자와 성령의 이름으로!"

"아멘!"

모두들 두 손을 모았다. 나도 두 손을 모으고 눈을 꼭 감았다.

"오늘도 우리 옹기촌 사람들이 천주님의 뜻에 따라 이렇듯 가마에 불을 지필 수 있게 되었습니다. 온갖 근심걱정을 송두리째 천주님께 맡기 오니 천주님께서 어린 옹기촌 사람들을 어여삐 여기시어 풍부한 축복을 내려 옹기가 잘 구워져 나올 수 있도록 살펴 주옵소서!"

"아멘!"

"천주님의 이름으로 기도 드렸나이다."

"아멘!"

나는 더 특별하게 꼭, 잘 구워져 나올 수 있게 해 달라고 기도했다. 항아리에 그려진 나의 구름을 온전한 모습으로 만나고 싶었다.

"자, 이제부터 끄름불(피움불)을 살살 때라!"

"알것습니다. 냉갈만 나게 해야지요."

회장님이 첫 불을 지피고 가마 주위를 둘러보았다. 나도 회장님을 뒤따라 다니며 둘러보았다. 가마에서 거렇게 연기가 올라왔다. 회장님이 따라다니는 나를 보고 웃어 줬다.

"나한테 무슨 할 말이라도 있느냐?"

"황사영 선생님 이야기를 다 듣지 못했어요."

"맞아, 내가 어디까지 이야기를 했더냐?"

"황사영 선생님이 신부님을 모시고 배론에 오셨을 때 세례를 받았다고 하셨어요."

"그랬었지. 주문모 신부님은 중국 사람인 까닭에 우리말이 서툴러서 성경 공부와 천주님 말씀을 황사영 선생님한테 더 많이 듣고 배웠단다. 오래 머무셨으면 좋았을 텐데, 온 나라에서 신부님을 한 번만이라도 뵙기를 바라는 신자들이 많았을 뿐만 아니라 신부님은 오래전부터 체포령이 내려져 한곳에 오래 계시는 건 위험하니 떠나지 않을 수가 없었구나. 그런데, 떠난 지 얼마 되지 않아서 난리가 났었지. 천주학 신자들이 오백 명이나 잡혀 들어갔고……."

회장님은 이야기를 하다가 말을 잇지 못하고 나를 쳐다봤다. 내가 말을 이었다.

"참수형을 당했어요?"

"그래, 주문모 신부님을 도와준 사람은 물론이고 천주교 신자들은 모두 잡혀 들어가 100여 명이 죽임을 당했고, 많은 사람들은 귀양살이를 해야만 했다. 그때 정약종 선생님도 참수를 당했구나."

회장님은 성호를 긋고 한동안 기도를 올렸다. 나도 뒤따라 성호를 긋고 기도를 올렸다.

선생님들께 하늘에서 평안하시라고 기도를 드렸다. 그리고 선생님들은 하느님 뜻을 전하면서 사셨는데, 나는 무엇을 하며 살아야 하나, 생각해 보았다.

"그리고 한참 뒤에 황사영 선생님이 다 헤진 상복 차림으로 배론에 오셨지."

"아, 땅굴에 계실 때요?"

드디어 한백겸 아저씨가 해 준 이야기와 연결이 되었다.

"맞아. 너무 위험한 때라서 옹기 창고 뒤에 땅굴을 파서 그곳에 숨어 계실 수 있도록 했단다."

불을 지피기 시작하자, 가마 옆으로 쭈욱 뚫려 있는 창에서 연기가 솔솔 올라왔다. 가끔 불어오는 바람에 매운 연기가 들치기도 해서 기침이 나왔다. 회장님은 창으로 올라오는 연기를 쭈욱 훑어보고는 이야기를 이어 갔다.

"난 선생님께 식사를 가져다 드리면서 잠깐씩 만나 뵐 수 있었지. 선생님은 하루 종일 글을 쓰고 계셨단다. 우리 조선의 천주교인을 도와달라고 중국 주교에게 편지를 쓰셨어. 교황청에 보내려는 글인 까닭에 쓰고 고치고, 쓰고 고치셨다. 그런데 뜻을 이루지 못하셨지."

"왜요?"

"편지를 가져가다가 들켜 버린 거야. 세상이 발칵 뒤집히고 말았단다."

"그래서 어떻게 되었어요?"

나는 무슨 일이 일어났는지 마음이 바빠졌다.

"황사영 선생님은 비단에다 13,311자나 되는 긴 편지를 썼는데 무서운 이야기가 들어 있었단다. 주문모 신부님과 수많은 사람들이 신유박해로 참수를 당했던 일을 낱낱이 밝히면서 조선땅에서 자유롭게 하느님을 모실 수 있도록 서양의 군대를 보내어, 조선 조정을 압박해 달라고 했단다."

다시 한백겸 아저씨가 해 줬던 이야기로 이어졌다. 유교에 정면으로 도전을 하였을 뿐만 아니라 역모나 다름없는 일을 꾀했으니 그냥 넘어갈 일이 아니었다. 황사영 선생님은 능지처사형을 당하였고, 회장님 가족과 한백겸 아저씨의 아버지 토마스 한도 참수형을 당하였다.

회장님도 더 이상 이야기를 하지 않았다. 누구에게나 가족의 죽음을 되새긴다는 것은 너무 힘든 일이었다.

해가 서산으로 뉘엿뉘엿 넘어갔다. 산등성이가 붉게 물들었고, 가마 창에서 뿜어낸 연기로 옹기 마을 전체가 나무 타는 냄새로 뒤덮였다.

12. 차주원 아저씨

아저씨와 형들이 날을 새 가면서 가마에 불을 넣었다. 드디어 봉통에 나무를 가득 넣어 배낌불을 피우기 시작했다. 아저씨들의 얼굴도 부스스하고 벌겋게 달아올라 있었다. 그때 낯선 아저씨 한 사람이 마을에 들어왔다. 한백겸 아저씨보단 젊어 보였지만 형들보다는 나이가 더 들어 보였다.

"차주원이라고 합니다. 이 마을에서 일하고 싶습니다."

한백겸 아저씨 눈꼬리가 치켜 올라갔다.

"어디서 왔수?"

"가진 것도 없고, 쫓기다 보니, 곡성에 점동네가 있다기에 찾아왔습니다."

모두들 머뭇거리는데, 회장님은 차주원 아저씨를 바라보며 고개를 끄덕이고 있었다. 내가 보아도 회장님은 마음씨가 너무 고운 게 문제인 것 같았다.

차주원 아저씨는 회장님한테 다가섰다.

"어르신, 참말로 오갈 데가 없는 사람입니다. 어떤 일이든 시키는 대로 열심히 일할 테니, 내치지만 말아 주십시오."

"곡성 사람도 아니고 어디에서 굴러먹다 왔는지도 모르는 사람을 받아 주면 안 됩니다, 회장님!"

한백겸 아저씨가 적극적으로 반대를 하고 나섰지만, 회장님은 차주원 아저씨를 측은한 눈빛으로 바라보고 있었다. 한백겸 아저씨는 투덜거리며 뒤돌아가 버렸다.

차주원 아저씨는 가장 먼저 주막의 이모부와 친해졌다.

"난 점동네에 전복이 형님이 안 계셨으면 또 방랑을 했을지도 몰라요."

"나도 주원이 동생이 생겨서 좋네."

"하하하 역시, 전복이 형님밖에 없어요. 형수님! 국밥에 막걸리 한 잔 주세요."

차주원 아저씨가 이모와 이모부를 형님, 형수님이라고 부르니까 나까지 가깝게 느껴지기도 했지만, 한백겸 아저씨를 생각하면 배신자가 된 느낌이 들어서 눈치가 보였다.

"넌 이름이 뭐냐?"

"찬성이요, 오찬성!"

"찬성이, 너도 이리와 국밥 한 그릇 같이 먹자!"

난 알다가도 모를 마음이 왔다 갔다 했다. 어쨌든 국밥도 함께 먹자고 하는 차주원 아저씨가 싫지만은 않았다.

"찬성이는 천주님 뜻에 어긋나지 않게 살고 있지?"

차주원 아저씨가 국밥을 한 숟가락 크게 입에 넣고 우물거리며 말했다.

"예? 예."

나는 혹시 누가 들을까 봐 두리번거리며 대답을 했다. 다른 사람들에게 들릴 만한 큰 목소리도 아니었지만 다른 사람들은 없었다. 옹기 마을 사람들은 옹기터를 벗어나서는 천주님 이야기를 함부로 하지 않는다. 아니, 밖에서는 아예 하지 않았다.

"회장님이랑 천주학 공부를 하느냐?"

"예?"

"나도 천주학 공부를 하려고 물어보는 거다."

"예."

"어디서 하는데?"

"가마 안에서요."

"그렇구나. 가마에서 독을 들어내야만 회합을 시작할 수 있겠구나."

나는 말을 해도 되는지, 맘에 좀 걸렸지만 대답을 하지 않을 수도 없었다.

"회장님은 마을 밖으로 자주 나가시느냐?"

그때 엄마가 들어왔다.

"너?"

"아저씨가 국밥 사 줬어요."

"고맙습니다."

엄마가 인사는 했지만 고운 눈초리는 아니었다.

"형부, 요 녀석이 여기에서 얼쩡거리지 못하게 하세요. 너도 친구들하고 놀지 왜 꼭 어른들 틈바귀에 섞여 있으려고 해?"

엄마의 역정에 차주원 아저씨는 어물쩍 일어났다.

"형님 형수님, 잘 먹었습니다."

아저씨가 나가자 엄마가 이모한테 말했다.

"웬 형님, 형수님이요?"

"응, 저 사람 넉살이 좋아서 우리한테 찰싹 달라붙네."

"나쁜 사람 같지도 않고!"

이모부도 한마디 거들었다. 엄마는 나한테 신경을 곤두세웠다.

"아무한테나 얻어먹는 거 아니다!"

"엄마도 참, 하느님도 안 주는 밥인데 왜요?"

"너 그게 무슨 말이야?"

"우리가 배고플 때 하느님도 밥은 안 줬잖아요."

"입 다물지 못해?"

"엄마도 알잖아요. 배고픈 게 얼마나 무서운 것인지요."

엄마는 목에 한껏 힘을 주었지만 목소리는 낮춰서 말했다.

"하느님을 욕되게 하지 마라! 네 아버지의 목숨보다 더 소중한 분이시다."

"쳇! 아버지를 돌아가시게 한 분이잖아요."

"너 이 녀석, 어디다 데고 함부로 말하느냐!"

엄마가 나를 잡고 등을 후려쳤다.

"악!"

아파서 소리친 건 아니었다. 억울했다. 그냥 세상이 억울했다.

"진짜 하느님이 계셨으면 아버지를 돌아가시게 했겠어요?"

엄마는 내 등을 몇 번이고 후려치며 울었다. 이모도 얼굴이 일그러지며 눈물을 닦아냈다.

"찬성아, 그런 말 하는 게 아니다."

이모가 엄마를 말렸다. 난 달렸다. 당고개로 올라갔다. 고개 마루에 올라서니 가마터에서 바람 소리가 들려왔다.

슈후우우우.

13. 하느님이 참말로 계셔요?

슈후우우우.

불을 넣은 지 나흘째다. 바람 소리는 가마 창으로 퍼런 불꽃이 솟구쳐 나오며 내는 소리였다.

"불꽃이 터졌구나!"

회장님이 내 등 뒤에서 말했다. 나는 흠칫 놀랐다.

"무슨 일이 있었느냐?"

"아니에요."

"그런데 왜 이리 씩씩대며 고갯마루를 달려 오르느냐?"

나는 그동안 마음속에 품어 온 가장 의심스러운 이야기를 꺼내기로 했다.

"회장님, 하느님이 참말로 계셔요?"

"나의 하느님은 계신데, 너의 하느님은 안 계신가 보구나!"

회장님은 나를 놀려먹는 말투로 대꾸했다. 하지만 난 정색을 하고 꿋꿋하게 물었다.

"회장님이 가르쳐 주셨잖아요. 하느님이 사람들한테 지켜야 하는 열 가지 계율을 주셨다고요."

"그랬지."

"부모님한테 효도하라, 도둑질하지 말라, 거짓 증언하지 말라, 남의 재물을 탐내지 말라, 모두 옳아요. 그런데 하나이신 하느님을 받들어 공경하라 해 놓고, 사람을 죽이지 말라 하셔 놓고, 하느님은 왜 사람이 사람을 죽이는 것도 못 말리신데요?"

"그랬구나!"

"우리 아버지가 하느님 때문에 돌아가셨잖아요. 회장님 아버지도 한백겸 아저씨 아버지도요."

눈물이 왈칵 쏟아져 나왔다. 억울했다. 화가 솟구쳤다.

"하느님은 사람이 사람을 죽이는데도, 그냥 보고만 계시잖아요. 하느님 때문에 사람이 죽어 나가는데 말리지도 않잖아요. 아무런 힘도 없는 하느님이잖아요."

회장님은 조용히, 그리고 가만히 말했다.

"우리가 사는 이 땅은 사람들의 나라이고, 하느님의 나라는 하늘에 있구나. 그래서 하느님은 우리를 지켜보기에 안타까워서 외아들 예수님을 사람의 모습으로 이 땅에 보내 주시지 않았더냐? 예수님은 복음을 전하기 위해서 오셨다가 십자가에 못 박혀 돌아가셨구나. 예수님은 십자가에 못 박히시며, 내 목숨을 내놓는 것보다 더 큰 사랑은 없다, 하셨다. 바로 우리를 구원하기 위해서 죽음으로 위대한 사랑을 보여주셨잖느냐?"

순간 아버지가 엄마한테 준 고상에서 처음 만난 예수님이 떠올랐다.

"예수님도 십자가에 못 박히고 창에 찔려 돌아가셨지만 평온한 모습이지 않더냐? 거룩하지 않더냐? 예수님은 돌아가신 지 사흘 만에 부활하셨다. 가마에서 뜨거운 불을 견뎌낸 흙이 온전히 아름다운 항아리로 제 모습을 찾는 것과 같단다. 너의 아버지도, 순교하신 모든 분들이 예수님의 뒤를 이어 아름답고 거룩하게 따라가신 거란다. 억울하고 무서운 게 아니지, 암! 예수님이 예수님의 피로 우리를 구하신 것처럼 순교하신 분들도 우리를 살리셨다. 은총이란다."

"저는 똑똑히 보았어요. 망나니가 아버지를 칼로 내리치는 모습을요. 사람이 얼마나 잔인한지, 사람 목숨이 얼마나 하찮은지 다 보았어요. 우리 아버지가 얼마나 아프셨을지, 얼마나 무서웠을지, 꿈에서도 보고보고 또 보고 있어요."

나는 토해내듯 말을 쏟아냈다.

"그래, 얼마나 아프고 무서웠겠느냐? 하지만 너무 무서워하지 말아라. 내가 예전에 말했던 큰 스승이신 정약종 아우구스티노 선생님이 참수형을 당하실 때의 모습을 이야기해 줘야겠구나."

정약종 선생님은 나에게도 큰 선생님이란 생각이 떠올랐다.

"정약종 선생님이 참수형장에서 밝은 얼굴로 형리들에게 말했다는구나. 스스로 존재하시고 무한히 존경하온 내 천주께서 당신들을 창조하고 잘 보호하고 계십니다. 당신들은 모두 회개하여 처음으로 돌아가야 합니다. 그러므로 그 근본을 멸시와 조롱거리로 삼지 말아야 합니다. 당신들은 내게 수치와 모욕을 준다고 생각하겠지만 내게는 곧 영원한 영광이 될 것입니다. 정약종 선생님이 형리들에게 너무나 평온하게 말하자, 형리들은 정약종 선생님의 말을 가로막고 나무토막 위에 선생님의 머리를 대라, 했다는 구나. 그러자 선생님은 하늘을 바라보며 누우셨다지. 땅을 내려다보면서 죽는 것보다 하늘을 쳐다보면서 죽는 것이 낫겠소, 하면서 말야. 망나니는 벌벌 떨며 감히 칼을 내리치지 못하다가 눈을 감고 내리치는 바람에 목이 절반밖에 잘려지지 않았다더구나. 그러자 선생님은 다시 자세를 고쳐 앉으며 성호를 긋고는 목을 다시 내어 주셨단다. 선생님은 그렇게 거룩하게 죽음을 맞이한 것이지."

난 회장님 말을 들으며 마음이 차분해져 갔다. 회장님은 나를 지그시 바라보며 말을 이었다.

"찬성아!"

"……네."

"네 아버지도 그러셨을 거다. 정약종 아우구스티노 선생님처럼, 예수님처럼 죽음을 평온하고 기쁘게 맞이하셨을 거야. 하느님께 목숨을 받았으니, 목숨으로 갚는 게 가장 값진 영광이었겠지 않느냐? 네가 생각하는 것처럼 무섭고 아픈 일이란 건 당치도 않는 말이지, 암! 아버지도 선생님도 예수님처럼 하늘에 계신 하느님의 땅에서 우리를 굽어 살펴보고 계실 거다."

회장님은 다짐받듯 힘주어 말했고, 난 눈물이 찜끔찜끔 흘러나왔다.

"정말로 그랬으면 좋겠어요."

"어디 그뿐이겠느냐? 아픈 사람들이 정약종 아우구스티노 선생님의 무덤을 찾아가 뵙기만 해도 병이 나았단다."

회장님과 이야기하는 동안 산길은 어두워져 갔다. 어두워지자 가마 창에서 뿜어져 나오는 불은 더욱 거세져 힘찬 소리를 내뿜었다.

슈후우우.

엄마가 멀리서 나를 부르는 소리가 났다.

"찬성아! 찬성아!"

"빨리 가 보아라. 어머니가 걱정을 하고 계시는구나."

"고맙습니다, 회장님!"

회장님이 내 머리를 몇 번 쓰다듬어 주고 엄마 쪽으로 몸을 밀었다. 난 큰 목소리로 대답을 하며 엄마한테 달려갔다.

"엄마아!"

엄마는 아무 말도 하지 않고 나를 안아 줬다. 그리고 조용한 목소리로 기도를 올렸다.

"우리가 받는 고통은 후에 받을 큰 축복에 비하면 아무것도 아님을 천주님께서 우리를 시험하시고 우리가 당신 뜻에 맞는 사람임을 인정하신 후 희생 제물로 받아들이셨음을 믿습니다(황사영의 기도문)."

나는 엄마 품에서 엄마의 목소리를 들었다. 아기였을 때 나한테 어르던 목소리 같았다.

"찬성아, 넌 천주님을 저버리면 안 된다. 네 아버지처럼 천주님을 잘 모시자. 우리 모두 천주님의 덕으로 태어나 천한 사람이 없는 덕실에서 서로 사랑하며 살고 있지 않느냐? 먼 훗날 자랑스럽게 하늘에 계신 아버지를 만나러 가야지. 우리 사는 동안 더욱 하느님을 찬양하면서 하느님 뜻에 어긋나지 않도록 살아가자."

오랜만에 마음이 편안해졌다. 엄마와 아버지랑 하늘의 꽃밭을 거닐고 있는 듯 평온해졌다.

14. 애기동이에 새긴 십자가

 닷새째, 드디어 통나무를 가마에 넣는 걸 마쳤다. 봉통 앞에는 숯이 잔뜩 쌓여 있고 가마 안에서는 불이 일렁거리고 있었다. 가마 창으로 벌겋게 불이 흘러넘쳤고 창으로 들여다보이는 항아리는 벌건 불덩어리였다. 이 세상에서 가장 맑고 밝은 색은 가마 안에 들어 있는 항아리 색이었다. 이제 끝불로 옹기를 달래야 된다. 너무 불길이 세면 유약이 끓어올라 꽈리를 틀어 버린다.

 회장님과 한백겸 아저씨가 창을 들여다보고 다니며 나뭇가지 다발을 던져 넣었다.

 "아저씨, 나무 다발은 왜 넣어요?"

 "잿물이 항아리에 덜 녹아 붙은 곳을 찾아서 조절을 하는 것이란다."

 "전 아무리 봐도 잘 모르겠는데요?"

"잘 살펴보면 알아낼 수 있단다."

아저씨와 회장님이 나무 다발을 넣는 곳을 자세히 살펴보니, 어느 곳인지 알 듯도 했다. 사실 내가 가마 안을 기웃거리는 건 다 이유가 있었다. 내 손가락이 그림을 그린 항아리가 문제없이 잘 구워졌는지 궁금했기 때문이다. 난 이렇게 내 손가락 그림만으로도 가슴이 두근거리는데 항아리를 처음부터 끝까지 함께 만든 아저씨와 형들은 얼마나 기대하고 기다리고 있을까, 생각이 들었다.

가마에 불을 넣지 않은 지 3일 되는 날, 드디어 내 구름과 만나는 날이기도 했다. 가마 안으로 들어가는데 훅, 더운 기운이 나를 덮쳤다. 차곡차곡 쌓인 항아리를 들어내었다. 내 구름은 안쪽 깊숙한 곳에 자리를 잡았었다. 차주원 아저씨도 거들려고 나와 있었다.

"우와, 이렇게 항아리가 많은데, 이걸 다 팔면 얼마입니까?"

내가 생각해도 돈으로 따질 일은 아니었다. 아니나 다를까, 한백겸 아저씨가 한마디 툭 쏘아 붙였다.

"이게 당신 눈에는 돈으로만 보이는가?"

"에구, 그럴 리가요. 허허허 뿌듯해서 하는 말입니다."

"도와주려면 헛소리 말고, 빨랑빨랑 움직이슈."

"아, 네네네!"

한백겸 아저씨와 차주원 아저씨 사이에는 늘 차가운 바람이 일었지만 차주원 아저씨는 날이 갈수록 마을 사람이 다 되어 가는 듯했다. 차주원 아저씨는 싹싹하게 굴며 동네 사람들과 잘 지냈다. 회합 때는 꼬박꼬박 빠지지 않고 나왔고 동네 사람들 앞에 나서서 기도도 했다. 그러니 한백겸 아저씨만 더욱 이상한 사람이 되어 가는 것만 같았다.

내 구름을 빼낼 때는 나도 함께 가마 안으로 들어갔다. 아직 숨 쉬기 힘들 만큼 뜨거운 기운이 남아 있었다. 내 구름과 첫 만남은 이루 말로 표현할 수가 없었다. 항아리에 그려진 구름 부분만 연한 노랑 빛을 띠었다. 난 그림을 그리듯 네 손가락 자국을 따라가 봤다. 손가락으로 뜨거운 기운이 올라오며 구름이 하늘로 떠올랐다. 내 모습을 지켜보던 회장님이 말했다.

"찬성아!"

"아, 네!"

난 구름 속에 안겨 있는 기분으로 회장님을 바라보았다.

"다음번 흙 작업을 할 때는 너도 함께 해 보자꾸나!"

"네?"

"네?"

옹기를 들고 나가던 형들이 더 큰소리를 냈다.

"찬성이가 옹기를 만들어요?"

"녀석들아, 찬성이가 어떻게 독을 만들어, 투가리나 만들어 보자는 것이지.”

난 회장님한테 코가 땅에 박힐 만큼 넙죽 절을 했다. 한백겸 아저씨의 피식 웃는 모습을 보았다.

“와, 찬성이는 좋겠다!”

“저 녀석 손엔 기운이 들어 있나 봐. 구름 모양도 좋지만 구름에만 잿물이 진했던가 봐, 노랑빛을 띠는 걸 보면!”

아저씨들도 구름을 살펴보면서 함께 웃어 줬다. 차주원 아저씨는 호들갑을 떨었다.

“으와, 그럼 찬성이가 곧 우리 옹기촌 대장님이 되는 거예요?”

“하하하!”

“껄껄껄!”

모두들 웃어 줬지만 한백겸 아저씨만 옹기를 들고 바깥으로 나갔다. 이번 옹기는 저번 옹기와는 달리 꽈리를 튼 옹기도 없고, 트거나 변형된 옹기가 한 점도 없이 잘 나와서 모두들 기뻐했다.

옹기를 다 들어내자, 그날 밤부터 가마에서 공부 모임도 하고, 기도 시간도 가졌다. 난 무엇보다도 흙 작업을 다시 시작할 때만 기다렸다.

“회장님 언제부터 다시 작업해요?”

“너 때문이라도 당장 낼부터 시작해야겠다.”

다음 날부터 난 온몸에 흙투성이가 되었다. 형들과 함께 흙을 치댔다. 흙이 찰지지 않으면 마르면서, 구워지면서 벌어진다고 했기에 더욱더 힘을 썼다. 이번에는 작은 가마에 불을 땐다고 했다. 그래서 아저씨들까지 물레를 찼다.

아저씨들이 흙덩어리를 두 손으로 잡고 물레를 빙글빙글 돌리면서 짜내면 크고 작은 투가리들이 만들어져 나왔다. 그뿐만 아니라 똥장군·오줌장군·막걸리병·물동이·자배기·고조리·약탕기·콩나물시루 같은 그다지 크지 않은 모양들이 만들어져 나왔다.

나도 물레를 돌려 봤지만 마음처럼 그릇이 만들어지진 않았다. 조금만 힘 조절이 안 되어도 모양이 형편없이 찌그러지고 말았다. 나도 아저씨들을 따라서 투가리를 만들었지만 가장 만들어 보고 싶은 것은 애기동이였다. 왜 그런 생각이 들었는지는 모르겠지만, 나와 싸웠던 수지가 생각났기 때문이었다.

난생처음 사람을 때려 본 건 수지였다. 내 손을 바라보면 수지 생각이 종종 났다. 수지를 때렸던 손으로 애기동이를 만들고 싶었다. 수지에게 애기동이를 줄 수 없을지라도 수지를 생각하면서 만들고 싶었다.

대장님이 만들었던 방법을 떠올리며 만들어 보기로 했다. 물레 위에 판판하게 치댄 흙을 올려놓고 밑가새로 흙을 누른 다음 물레를 돌려 물동이 아래 판을 둥그렇게 만들었다.

"뭘 만들 건데?"

을보형이 눈을 게슴츠레하게 뜨고 물었다.

"물동이요, 애기동이요."

"그래? 대장님이 만드는데, 흙을 치대 줘야겠군!"

을보형이 흙판을 하나 넓적하게 쳐 줬다. 난 대장님처럼 물레에 앉아서 흙판을 둥그렇게 둘러 세워서 원통을 만들었다. 그리고 아래쪽 이음새를 꾹꾹 누르고 문지르며 붙여 나갔다.

"제법인데!"

"대장폼이 나오는데!"

옆에서 물레를 차며 투가리를 만들고 있던 원복이, 형삼이 아저씨가 말했다. 난 다시 흙을 떡가래 모양으로 길쭉하게 만들어 이음새가 튼튼해지도록 덧대었다. 아저씨들이 만든 것처럼 매끄럽게 만들어지진 않았지만 내가 모양을 만들고 있다는 게 스스로 대견했다. 특히 동이 끝의 굽을 만들 때는 물레질을 잘해야 하는데, 울퉁불퉁하게 만들어졌다. 그래도 굽이야 깨지거나 떨어지진 않겠지만 물동이의 손잡이는 혹시나 떨어져 나갈 수 있다는 생각이 들어 흙을 덧붙였다.

"찬성아, 누가 보아도 물동이를 만들었다고는 하겠다!"

역시나 까칠한 홍태성 아저씨다운 평가였다. 그렇더라도 난 뿌듯했고 소중했다. 손수 내가 만든 첫 번째 물동이다. 그뿐만 아니라 나만의 비밀을 숨겨 넣었다. 물동이 아래에다, 아무도 몰래 십자가를 조그맣게 그려 넣었다. 그리고 성호를 긋고 기도를 했다.

"이 세상에서 가장 맑은 물을 담는 물동이가 되게 하소서!"

때마침 첫눈이 한 점 한 점 떨어지기 시작했다. 회장님도 멀리서 성호를 긋고 기도를 했다. 내가 물동이에 십자가를 그려 넣은 걸 알고 기도를 하시는지, 첫눈한테 기도를 하시는지 알 수는 없었다.

난 하루에도 몇 번씩 건조장을 들락거렸다. 난로에 불이 꺼지지 않는지 들여다보았고, 불이 약해지기 전에 나무를 집어넣었다. 날이 차가운데도 작업장에 불까지 피워 가면서 서둔 것은 5일장에 나오는 옹기점에서 주문이 들어온 까닭이었다.

애기동이의 유약 작업도 내가 하기에는 너무 컸지만 한 번 스스로 해 보고 싶었다. 동이에 그림을 그리는 것도 혼자서 그려 넣었다. 유약에 담갔다 빼내고, 큰 숨을 한 번 내쉬고는, 원복이 아저씨가 내 손목을 잡고 항아리에 그림을 그려 줬던 느낌을 떠올리며, 구름을 껴안듯 두 손을 가볍게 들어올렸다. 그리고 주먹을 가볍게 쥐고 새끼손가락으로 획획, 새가 날아가듯 날렵하게 손목을 돌렸다. 파란 하늘의 뭉게구름이 애기동이에 피어올랐다.

난 몸을 뒤로 젖히고 바라봤다. 있는 듯 없는 듯 도드라지지 않은 무늬에 흐뭇해졌다. 그런데 너무 조용해서 둘러보니, 작업을 하던 회장님과 아저씨와 형들이 모두들 나를 바라보고 있었다.

"우와 우리 찬성이, 진짜 대장이다!"

"최고다, 찬성이!"

아저씨와 형들이 엄지손가락을 추켜올리며 칭찬을 해 줬다. 나는 벌떡 일어나 아저씨와 형들에게 인사를 했다. 회장님도 고개를 끄덕여 줬다. 다시 자리에 앉아 애기동이를 바라보니 내가 자랑스러워졌다. 특히나 내가 표시해 놓은 십자가, 십자가가 새겨졌다는 게 가슴이 벅차올랐다. 천년 만년 동안 나의 십자가로 새겨져 있을 것이다.

"하느님 아버지, 저에게 흙과 잿물과, 몸과 마음을 주셔서 감사합니다."

기도를 올렸다. 오늘은 하루 종일 기도를 올릴 수도 있을 것 같았다. 하느님께서 나에게 옹기를 만들어라, 하신 것 같았다.

15. 1827년 2월, 정해박해

작은 가마에 건조된 애기동이와 다른 여러 그릇들이 가득 재워졌다. 그리고 불을 넣었다. 작은 가마는 나흘만 불을 땠다. 내가 만든 물동이는 무사히 구워졌다. 구름에 감싸인 십자가도 선명하게 바닥에 자리를 잡았다. 몇 천 년은 끄떡없을 것이다.

가마에서 나온 투가리와 자배기는 바로 옮길 수 있도록 광주리에 담기도 하고 항아리는 지게에 올려 짐을 만들었다. 마을이 어수선해졌다.

"찬성아, 우린 주막에나 가자!"

차주원 아저씨가 보따리를 하나 싸들고 말했다. 누가 봐도 투가리를 싼 보따리였다. 난 눈치가 보여서 얼른 따라 나섰다. 아저씨는 기분이 좋은 듯했다.

"이거 가져가면 이모부랑 이모가 좋아하시겠지?"

주원이 아저씨가 보따리를 들어 올리면서 웃었다. 난 대답을 할 수 없었다. 어떤 일이 벌어질지, 불안하기까지 했다. 그런데 주막에는 백겸이 아저씨가 먼저 자리를 잡고 앉아 술을 마시고 있었다. 주원이 아저씨와 난 쭈뼛거리며 들어섰다.

"이거요."

차주원 아저씨가 보따리를 내밀자, 이모부가 보따리를 받아 풀었다. 투가리가 큰 것부터 작은 것까지 여러 개가 나왔다.

"이거, 회장님한테 말하고 가져온 것인가?"

"아이고, 제가 열심히 일해서 가져온 거구만요. 주막에 술잔이 좀 부족한 것 같아서요."

이모부도 백겸이 아저씨 눈치를 보면서 주저주저 말을 했고, 주원이 아저씨도 머리를 긁적이며 말했다. 분위기가 서먹해지자, 이모가 얼른 나섰다.

"아이고 왔으면 빨랑 앉아요. 새 투가리에다가 술 한 잔 내줄 테니."

"네네네, 형수님!"

나도 어물쩍 주원이 아저씨하고 앉았다. 이모가 얼른 새 투가리에다가 술을 한 잔 내왔다.

"아, 새 투가리에다 술을 먹으니 더 맛있구먼!"

이모는 백겸이 아저씨한테도 새 투가리에다 술을 한 잔 내갔다.

"이번 투가리는 색도 잘 나왔네, 한 잔 해 봐!"

"지금 무슨 짓을 하는 거요!"

아저씨가 이모를 밀치면서 벌떡 일어났다.

"어이구머니나!"

이모가 뒤로 넘어져 버렸다. 백겸이 아저씨는 술이 든 투가리를 주원이 아저씨한테 세차게 집어던졌다. 투가리는 산산 조각이 나버렸다. 주원이 아저씨가 투가리를 피하면서 탁자까지 엎어져 버렸다. 이모부가 뛰어나왔다.

"백겸이, 자네 또 행패를 부리는 것이여, 엉?"

"이런 도둑놈의 소굴을 봤나!"

결국 일이 크게 벌어지고 말았다. 백겸이 아저씨와 주원이 아저씨가 엉겨 붙어서 치고받았다. 이모부가 중간에서 뜯어말리려 했으나 두 사람의 힘을 당해낼 수가 없었다. 그런데 주원이 아저씨가 내 심장을, 아니 이모, 이모부, 한백겸 아저씨의 간담을 서늘하게 파고드는 말을 한 것이다.

"내 이놈의 천주학쟁이들을 진즉에 도륙을 내 버렸어야 했는데!"

"뭐, 뭐, 뭐라고?"

그렇게 날뛰던 백겸이 아저씨 몸이 굳어져 버렸다. 차주원 아저씨는 틈이 생기자, 큰소리를 치며 달려나갔다.

"너희들은 오늘로 끝장이다!"

모두 한동안 움직이지도 않았다. 숨만 몰아쉬면서 모두들 이를 어떻게 해결해야 할지 몰라 멀뚱히 서 있었다. 이모가 가장 먼저 정신을 차렸다.

"일이 난 것 같아요, 빨리 빨리!"

백겸이 아저씨가 나한테 말했다. 아저씨답지 않게 겁에 질린 목소리였다.

"찬성이는 빨리 누각에 올라가서 포졸들이 우리 마을로 몰려오는지 살펴보고, 포졸들이 몰려오면 빨리 회장님한테 달려가서 알려라."

백겸이 아저씨는 쏜살같이 달려나가면서 이모와 이모부한테도 서둘러 말했다.

"지금 이렇게 있을 때가 아니에요! 빨리 도망가야 해요!"

이모부가 차분하게 말했다.

"이제 천주님 뜻에 맡길 수밖에. 찬성이는 빨리 누각에 올라가 살펴보아라!"

난 달려나갔다. 누각보다 마을로 먼저 달려갔다. 마을에서는 옹기점으로 가져갈 항아리와 투가리를 다 정리해 놓았다.

"회장님, 회장님, 큰일 났어요."

회장님께 모두 말씀 드렸다. 아저씨와 형들도 함께 있었다.

"여기는 저희들이 알아서 정리할 테니, 회장님은 빨리 피하시는 게 좋겠습니다."

"내가 어찌 자네들만 남겨 놓고 간단 말인가?"

"우리들한테야 뭐 어찌하겠습니까? 회장님이 문제지요."

회장님한테 잘 따지고 들던 홍태성 아저씨까지 나섰다.

"빨리 아주머니들과 함께 옹기점으로 움직이십시오. 그리고 돌아오지 마시고 안전한 곳을 찾아서 터를 잡아 주십시오. 저희들이 뒤따라가겠습니다."

맞는 말이었다. 충청도 배론에서 경상도로, 경상도에서 곡성으로 숨어 다녀야만 했다. 이제 또다시 어디론가 안전한 곳으로 피신을 가야 했다. 회장님이 아니면 할 수 있는 일이 아닐 성싶었다.

"그래, 다시 훗날을 기약해야겠구먼."

그리고 회장님이 나한테 손짓을 했다.

"이리 오너라, 찬성아!"

얼른 달려갔다.

"찬성아, 세례를 받겠느냐?"

"네? 네, 회장님!"

난 회장님이 세례를 언제나 줄까 하면서 간절히 기다리고 기다려 왔다. 그런데 그날이 오늘이라니! 기뻤지만 슬펐다. 옆에 있던 엄마가 두 손을 모으며 말했다.

"오, 하느님. 감사합니다."

그 바쁜 와중에도 사람들이 모여들었다. 마침맞게 마을 우물터

앞이었으므로 막달레나 아주머니가 투가리에 물을 한 대접 떠와 회장님 옆에 섰다. 난 회장님 앞에 서고 그 옆에 엄마가, 마을 사람들은 우리를 둘러섰다. 회장님은 나에게 물었고, 난 두 손을 모아 올리고 대답했다.

"찬성아, 천주 존재를 믿느냐?"

"네, 하느님을 믿습니다."

"삼위일체를 믿느냐?"

"성부와 성자와 성령은 한 분이신 하느님이십니다."

"강생구속을 믿느냐?"

"네, 예수님이 이 땅에 오심으로 인해서 세상 사람들이 구원을 얻게 되었습니다."

"상선벌악을 믿느냐?"

"네, 착한 일을 하면 복을 받고 죄를 지으면 벌을 받습니다."

회장님이 묻는 건 모두 엇봉이 선생님과 공부할 때나 회장님과 이야기를 나누었던 내용이었다.

"그래, 모두 잘 알고 있구나. 성체성사에 대해서도 잘 알고 있겠지?"

"네, 성체 안에 예수님이 계십니다. 예수님의 몸입니다."

"그래, 성찬이도 빨리 신부님을 만날 수 있는 기회가 와서 성체성사를 할 수 있었으면 좋겠구나."

"네, 신부님을 만날 수 있는 날을 기다리겠습니다."

회장님이 막달레나 아주머니에게서 투가리의 물을 받아들며 말을 이었다.

"우리 찬성이는 하느님을 지키는 반석이 되어야 하니, 세례명을 베드로로 지어야겠구나."

"네."

난 회장님의 뜻에 따르기로 했다. 회장님은 투가리의 물을 내 이마에 세 번 나눠 흘리면서 세례를 주었다.

"나는 성부와 성자와 성령의 이름으로 베드로에게 세례를 줍니다."

"아멘!"

주위에서 마을 사람들이 축하한다는 인사도 하고 머리를 쓰다듬어 주기도 하면서 다시 바삐 움직이기 시작했다. 회장님은 엄마가 회장님한테 맡겼던 성경책과 고상을 나한테 내밀었다.

"잘 간수하여라. 황사영 선생님의 성경책이기도 하고 나의 책이기도 하고 네 아버지의 책이기도 하다. 이젠 네 성경책이고 너의 예수님이시다!"

난 엉겁결에 성경책을 받아 가슴에 꼭 안았다.

"그리고 넌 아이라서 큰 문제는 없을 테니, 이 옹기촌과 남아 있는 아이들을 네가 보살피고 있어야 한다, 알겠느냐?"

"네."

난 엄마를 따라가고 싶었지만, 동네 사람들이 대부분 남아 있

고 아주머니들만 회장님과 함께 떠나는데, 함께 가겠다고 나설
수가 없었다. 더군다나 회장님이 나한테 우리 옹기촌을 지키라
고까지 했다. 이를 앙다물었다. 내가 아이인데, 아이들을 지켜야
한다.

"엄마!"

엄마와 눈빛을 주고받았다. 엄마도 울음을 꾹 참고 고개를 끄
덕여 줬다. 회장님은 곧 아주머니들과 항아리와 투가리를 이고
지고 서둘러 나갔다. 아저씨들도 바쁘게 움직였다.

"근거가 될 만한 것들을 빨리 숨기고!"

난 큰 가마로 들어가 숨겨 놓고 보던 교리서를 한 권만 챙기고
나머지는 모두 불을 놓아 버리기로 했다. 이것들만 없으면 아무
문제도 일어나지 않을 것만 같았다. 불을 지피려니 손이 벌벌 떨
렸다.

"하느님, 용서해 주세요!"

결국 난 나머지 교리서에 불을 놓아 버렸다. 그리고 나는 손에
들고 있는 고상과 성경책, 교리서를 숨겨야 했다. 얼른 작은 가
마로 뛰어들어갔다. 내가 만들어 놓은 투박하고 못생긴 애기동
이에 책을 넣었다. 애기동이가 고상, 성경책과 교리서를 보듬어
주었다.

"하느님, 지켜 주세요!"

주위에 남아 있는 약탕기와 고조리로 덮어 숨겨 놓고 다시 뛰

어나갔다. 가마터 뒤로 뛰어올라 산마루에 서자, 벌써 멀리서 포졸들이 당고개로 달려오는 게 보였다. 이모와 이모부가 걱정되어 주막으로 달렸다.

"이모 이모부, 빨랑요. 지금 와요, 와!"

이모와 이모부는 주막을 깔끔하게 치우고 태연하게 앉아서 기도를 드리고 있었다.

"찬성아, 괜찮다. 회장님한테는 알려드렸고?"

"네, 아주머니들과 함께 옹기점 쪽으로 가셨어요."

"우리 찬성이 잘했네!"

포졸들이 문을 박차고 들어왔다.

"너희들도 천주쟁이들이지?"

이모와 이모부는 두 손을 모아 기도하는 모습으로 포졸들을 맞았다.

"포박하여라!"

포졸들이 이모와 이모부를 오랏줄로 묶었다. 이모와 이모부는 순순히 묶였다. 대신 내가 포졸들에게 달려들었다.

"안 돼요. 안 된다고요!"

"비켜라, 저리 가지 않으면 너도 잡아간다."

포졸들이 나를 밀쳐냈다.

"나도 하느님을 믿어요."

"아서라, 우린 아이들은 필요 없다."

방망이로 나를 찍어 내리자, 나는 그 자리에 꼬꾸라지고 말았다. 이모와 이모부가 나를 말렸다.

"찬성아, 가만히 있어라."

"이보슈들, 어린것한테 함부로 하지 마시오."

포졸 중에서 책임자가 나서서 이모부한테 물었다.

"입 닥치고, 내가 묻는 거나 답하시오."

"……"

"당신 이름은 뭐요?"

"전복이요."

"전복이, 나한테 헛소리하면 죄가 더 커지는 건 알것제?"

"그거야, 당연하겠지요."

"그렇담 잘 생각해서 대답하시오."

"그러리다."

"옹기 마을 사람들은 지금 어디 있소?"

"옹기 마을 사람들이야, 덕실에 있지요."

책임자가 다시 이모에게 물었다.

"당신 이름은 뭐요?"

"뻔히 알면서 뭘 물어 보시오?"

포졸들도 같은 고을 사람들로 당고개를 넘나들며 모두들 서로 알고 지내는 사이였다.

"묻는 말에나 빨랑 대답하시오. 지금 얼매나 심각한 일이 일어났는지 모르겠소?"

"내가 강씨, 주모인지 뻔히 알면서 물어 보니 그렇지요."

포졸들이 눈알을 부라리며 곧 덤벼들 태세였다. 이모부가 얼른 나서며 말했다.

"저 여편네가, 포졸나리가 묻는 말에 얼른얼른 대답을 안 하고!"

포졸 책임자가 이모부에게 물었다.

"마을 바깥으로 나간 사람들은 없소?"

"방금 전에 저기, 옥과장 쪽으로 옹기를 가지고 나갔소."

이모는 회장님이 갔던 옹기점과 반대쪽을 가리키며 말했다.

"몇 명이나 나갔소?"

"열 명은 족히 될 거 같으오."

책임자는 포졸 반을 뚝 잘라서 옥과 쪽으로 뒤쫓으라, 명령했다. 반은 옹기 마을로 갔다. 나는 산등성이 쪽으로 넘어가 마을에 먼저 닿았다.

"아저씨, 아저씨, 포졸들이 마을로 몰려와요!"

아저씨들은 고개만 끄덕이거나 한숨만 내쉬었다.

"이 많은 동네 사람들이 어디로 가겠느냐! 어른들은 그렇지만 아이들은 어떡하고?"

아저씨 말을 들어 보니 그랬다. 이렇게 많은 사람들이 갈 곳도 마땅하지 않았다. 포졸들이 곧 몰려 들어왔다. 동네 어른들은 거의 모두 포승줄에 묶였다. 순순히 묶였기에 큰 소란은 없었지만 아이들의 우는 소리로 동네가 뒤덮였다. 그리고 포졸들은 집이고 가마고 모두 뒤지기 시작했다. 방이고 부엌이고 아수라장이 되어 버렸다. 커다란 항아리는 속에 무엇이 들어 있는지 뒤적이다가도 방망이를 휘둘러 깨 버렸다.

다행히도 내가 숨겨 놓았던 고상과 성경책은 무사했다. 모두 뒤적거렸지만 내가 만든 애기동이만은 건드리지도 않았다. 그럼에도 포졸들은 내가 불 놓은 잿더미에서 타다 만 교리서를 꺼내 들고 나왔다. 그 와중에서도 포졸들은 돈이 될 만한 물건들은 다 챙겨들었다.

16. 관아에 끌려온 마을 사람들

잡혀온 마을 사람들은 관아의 동헌으로 끌려나왔다. 곡성 현감 앞에 줄줄이 무릎을 꿇어앉혔다. 우리 마을뿐만 아니라 주변 마을 사람들도 꽤 잡혀 들어와 동헌으로 가득 찼다.

"너희들이 모두 천주학쟁이란 말이냐? 아니라고 말한 사람들은 모두 용서해 줄 테니 일어서라."

아무도 일어나지 않았다. 곡성 현감은 많이 불쾌해했다.

"한 사람도 빠짐없이 천주학쟁이란 말이렷다! 주막 주인 전복이와 강씨한테 모두 자백을 받았으니 거짓으로 고했다가는 모두 곤욕을 치를 줄 알 거라."

현감은 불에 타다만 교리서를 들어올려 흔들면서 말을 시작했다.

"이 요망한 책은 누구의 것이냐?"

마을 사람들은 불에 탄 교리서를 바라보며 안타까워했다. 이번에는 십자가를 흔들어 보이며 물었다.

"이 흉측한 물건이 누구의 것이냐 말이다."

마을 사람들이 모두 성호를 그었다. 그 모습에 현감은 벌떡 일어나며 노발대발 소리를 질렀다.

"이 사악한 것들을 봤나! 여봐라!"

"네, 현감님!"

형방이 얼른 대답을 했다.

"좋은 말로 타일러서는 안 되겠다. 형틀을 준비하여라."

마을 사람들은 한 사람씩 심문을 받았다.

"너희들의 수괴인 회장과 다른 사람들이 어디로 도망갔는지 고해라!"

"난 아무것도 모르오."

형리(형방 밑에서 일하는 포졸)들은 모른다고 말할 때마다 기다란 나뭇가지로 정강이를 내리쳤다.

꾹 참아내는 사람도 있었지만, 큰 소리로 울부짖는 사람도 있었다. 특히나 아주머니들은 큰 소리로 울었다.

"아이고, 사람 잡네. 난 아무것도 모른단 말이오."

현감 목소리도 커졌다.

"곡성현에서만큼은 내가 천주쟁이들의 싹까지 모두 뽑아내 도

록할 테니, 섣불리 넘어갈 수 있을 거란 생각은 애당초 접어 두어
라.”

현감의 목소리가 커지면 커진 만큼 형리들도 더 세차게 치도곤
을 휘둘렀다.

“에잇!”

“아이고, 난 모르오!”

“너희들이 아무리 모른다고 잡아떼도 내 온 나라를 뒤져서라도
모두 잡아들이고 말 테다.”

심문을 받으면서 맞고 있는 사람들보다 보고 있는 마을 사람들
이 더 아파했다.

“저러다가 일 내것네, 일 내것어!”

그때 회장님의 여동생인 막달레나 아주머니가 두 손을 모으고
기도를 하기 시작했다.

천주님 저희는 온전히 성심께 의지하고 바라오니

저희 생각과 말과 행위를 주님의 거룩한 뜻대로 다스리소서.

예수님, 기쁠 때나 슬플 때나 저희와 함께 계시는 주님의 사랑을

깊이 깨달아 언제나 주님을 사랑하며 섬기게 하소서.

온 세상 어디서나 모든 이가 입을 모아 예수 성심을 찬미하며

사랑과 영광을 드리게 하소서.

아멘!

막달레나 아주머니의 기도에 동네 사람들이 모두 함께 무릎을 꿇고 기도를 올렸다. 뜻밖의 상황에 현감과 형방과 포졸들이 멍하니, 마을 사람들을 구경했다. 관아는 기도 소리로 금세 은은해졌다. 나도 얼른 두 손을 모으고 함께 기도문을 외웠다.

현감은 정신을 차리고 명령을 내렸다.

"이것들을 가볍게 다뤄서는 안 되겠구나! 모두들 감옥에 처넣어라!"

형리들이 마을 사람들을 감옥으로 데려가자, 동헌 뒤편에서 차주원 아저씨가 나오더니 현감과 이야기를 나눴다. 나와 차주원 아저씨의 눈이 마주쳤다.

"아저씨……."

아저씨는 못 본 척 고개를 돌려 버렸다. 동네 사람들이 형리들한테 치도곤으로 당하는 것보다도 더 가슴이 아려왔다. 바싹 마른 가랑잎을 밟아 버린 것처럼 마음이 부서져 내렸다. 나도 동네 사람들 뒤를 따라 허적허적 감옥으로 갔다.

감옥에는 벌써 이모와 이모부가 갇혀 있었다. 이미 형리들한테 당했는지 머리도 흐트러져 있었고 옷도 지저분했다.

"어허, 이거 곤란한데……."

옥리(감옥을 관리하는 포졸)가 형리를 바라보며 어떡할 거냐는 듯 바라보았다. 감옥이 온 동네 사람들을 모두 가둬 둘 만큼 크지 않았다. 그때 이모부가 얼른 나섰다.

"형리 나리, 저기 저, 아직 천주학 공부를 시작도 못 한 사람들은 빼 줍시다."

형리가 이모부를 흘긋 쳐다보았다. 형리도 감옥이 너무 좁아서 곤란해했다.

"내가 알아서 할 일은 아니고 현감님이 알아서 할 일이오."

"우리 서로들 잘 알고 지내는 처지에 이러지 말고 내 말 좀 들어 보시오."

"말하시오. 귓구멍은 뚫려 있소."

"윗사람들한테 말 좀 잘해 주시오. 저기 박노랑두, 박성득, 그리고 어디 보자 저기 정주신, 김상협, 최상역이랑 읍내 사람들은 내가 꼬드겨서 들어오긴 했어도 아직 천주학 공부도 못 해 보고 잡혀 왔으니 풀어 줍시다. 어차피 옥이 좁아서 모두 가둬 두기도 힘들 테고, 이 많은 뒤처리를 하려면 형리 나리도 힘들 거 아니오."

형리는 딴청을 피우는 듯하다가, 이모부를 힐긋 바라보고는 밖으로 나갔다.

형리가 다시 들어와서는 이모부가 말한 사람들의 포승줄을 풀고 고개를 까닥했다.

"빨랑 나가시오."

엉겁결에 풀려난 사람들이 머뭇대며 못 나가자 막달레나 아주머니가 말했다.

"돌아가셔서, 하느님의 아이들을 잘 돌봐 주세요."

막달레나 아주머니의 말에 아저씨들이 고개를 끄덕이며 옥에서 나가기 시작했다.

17. 거룩하시도다 온누리의 주 하느님

"으악!"

"오, 하느님! 예수님!"

형리들이 묻지도 않고 때렸다. 곤장 형틀은 십자가였다. 십자가에 팔다리를 묶고, 엉덩이를 까 벌려 놓고 곤장으로 내리쳤다. 처음에는 벌겋게 부어올랐고, 살이 터졌고, 살점이 짓이겨졌다.

직접 맞는 사람과는 비교할 수 없겠지만 보는 것만으로도 정신을 차릴 수가 없었다. 십자가에 매달려 있는 예수님의 아픔이 고스란히 전해져 왔다. 을보 형은 다른 아저씨들보다 건장하고 젊어서 곤장을 세 대 맞을 때까지는 잘 참아냈지만 네 대째에 기절해 버렸다. 그렇다고 그냥 넘어가진 않았다. 찬물을 끼얹어 정신을 차리게 해 놓고 다시 때렸다.

난 그렇게 못 볼 꼴을 보면서도 하루 종일 관아 주변을 맴돌았다. 포졸들은 옥 근처에 아무도 얼씬대지 못하게 했지만 내가 자꾸 얼쩡거리자 어린애라고 무시했다. 처음으로 내 키가 작은 걸 고맙게 생각했다. 하지만 내 마음은 표현할 수 없을 만큼 아팠다. 특히 장엇봉 선생님과 막달레나 아주머니는 눈 뜨고 볼 수 없을 지경이었다. 하지만 지켜봐 줘야 한다는 생각이 들었다. 바로 우리 아버지가 겪었던 모습이라고 생각되었기 때문이다.

장엇봉 선생님은 다른 사람보다 더 오랫동안 더 심하게 고초를 겪어야 했다. 태형도 받았지만 주리를 틀기도 했다. 내가 보기에는 태형보다도 주리를 틀 때 더 힘들어하는 것 같았다. 엇봉이 선생님을 땅바닥에 앉혀 놓고 발목과 무릎을 꽁꽁 묶어 놓았다. 그리고 정강이 사이에다 통나무 두 개를 엇비슷하게 끼워서 형리들이 양쪽에서 잡아당길 준비를 하고 있었다. 그 광경을 보는 것만으로도 다리가 후들거렸다.

"네가 선생 노릇을 했느냐?"

"그렇소!"

"어느 곳에서 배웠느냐?"

"우리 회장님한테 배웠고 교리서와 성경책을 보면서 배웠소."

"너희들끼리도 천주학 공부를 했겠지만 서로 연락을 주고받았던 마을이 있었을 거 아니냐?"

"없습니다. 우리 마을은 우리들끼리만 공부를 하고 공소예절을 지냈소!"

"말로는 안 되겠다. 주리를 틀어라!"

명령이 떨어지자 형리들이 선생님 정강이에 끼워 놓은 통나무를 양쪽에서 잡아당겼다.

"으아악악!"

세상이 뒤엎어지는 듯 소리를 질렀다. 내 목구멍에서도 소리가 저절로 밀려나왔다.

"으으으윽!"

현감이 다시 물었다.

"너희들 회장이 숨어 있는 곳이 어디냐?"

"아무것도 모르오."

"으아아아악!"

"다시 한 번 묻겠다. 너희들과 연락을 주고받았던 교우촌 한 곳만 말하면 풀어 줄 테니, 한 곳만 대어 보아라!"

"난 아무것도 모르오."

"으악 으악 아아아악!"

원하는 답변이 나오지 않으면 주리를 더 틀어댔다. 누가 대신 맞아 줄 수만 있다면 차라리 내가 맞아 주고 싶은 심정이었다. 어떠한 아픔이라도 나눠 가질 수만 있다면 함께 나누고 싶었다.

결국에는 엇봉이 선생님이 정신줄을 놓아 버렸다. 정신을 잃자 엇봉이 선생님 등 뒤에서 머리채를 잡고 있던 형리가 선생님 몸과 얼굴에 물을 끼얹었다. 아저씨가 정신을 차렸지만 차가운 날씨에 온몸을 사시나무 떨듯 떨었다.

이젠 현감이 엇봉이 선생님에게 달래듯 말하였다.

"너희들을 보면 꼭 갓난아이가 우물로 걸어 들어가는 것 같아 측은하구나. 세상의 이치를 올바로 보고 정신을 바로잡도록 하여라! 너희들이 말하는 하느님은 너희들의 아비가 아니다."

몸을 가누지 못하던 엇봉이 선생님이 고개를 들었다.

"어찌 아버지를 아버지라고 하지 못하게 한단 말이오? 집안의 아버지, 나라의 아버지가 있듯이 하늘의 아버지가 바로 천주님이십니다."

"이 어리석은 자들아, 이곳에서는 천주가 바로 나다! 천주를 모른다고 한마디만 하면 당장 풀어 줄 수도 있다. 어서 믿지 않는다고 말해 보아라."

"어찌 하늘의 아버지를 모른다고 할 수 있고, 믿지 않는다고 할 수 있겠습니까? 난 하느님을 믿고 따릅니다."

"너희들의 하느님은 너희들이 이렇게 수난을 겪고 있는데 어찌 구하러 오지 않는단 말이냐?"

"우리를 위해 하늘에서 내려다보고 계십니다."

나도 모르게 '아버지! 아버지'가 되뇌어졌다. 나를 낳아 준 아버지와 하늘에 계신 우리 아버지가 함께 떠올랐다. 안타깝고도 안타깝고 거룩하고도 거룩해 보였다.

'하느님, 현감이 너희 하느님이 어디 있냐며 온종일 빈정대고 뼈가 으스러지도록 고문을 하고 모욕을 합니다. 하느님, 어디 계세요. 제발 대답만이라도 해 주세요.'

형리들이 다시 주리를 틀었다. 이제 선생님이 할 줄 아는 말은 '하느님'뿐이었다. 그러자 형리들은 엇봉이 선생님을 옥으로 질질 끌고 들어가고, 막달레나 아주머니를 데리고 나왔다. 형리들이 막달레나 아주머니를 의자에 앉혀 놓고 치마와 바지를 걷어 맨살을 드러내 놓았다.

"넌 네 오라비가 어디로 피신을 했는지 알겠지?"

"모르오!"

아주머니는 고개와 어깨를 꼿꼿하게 세우고 말했다. 아주머니가 모른다고 할 때마다 형리들이 정강이와 종아리를 나뭇가지로 내리쳤다. 차가운 날씨에 종아리에서 피가 터져 나왔지만 아주머니는 아무렇지 않은 듯 꿈쩍도 하지 않았다. 형리들이 스스로 이상하게 생각하여 손에 든 나뭇가지를 살펴봤다.

"너희들은 조상 제사도 모시지 않고 신주를 태워 버린 놈들이란 말이렷다. 제사를 지내지 않는 패륜 행위뿐만 아니라 부부 관계도 평등하게 바라본다는 게지. 이렇듯 인간의 도리를 지키지 않으면 짐승과 뭐가 다르단 말이냐?"

"돌아가신 조상님께 절을 한다고 효자가 되는 건 아니잖소?

대신 우리는 조상님을 지극히 공경하여 하느님께 늘 기도를 합니다. 그리고 이 세상의 모든 사람들은 똑같이 하느님의 아들딸인데 아이든 어른이든 남자든 여자든 누가 더 귀하고 천하단 말이오?"

막달레나 아주머니가 차분하게 대꾸를 하자, 현감은 화가 더 났다.

"이런 발칙한 것을 봤나! 너희들같이 천한 것들과 양반이 똑같단 말이냐?"

"임금님도 현감님도 우리들도 하느님께서 창조하신 똑같은 사람으로, 모두 귀하고 귀한 목숨이란 뜻입니다."

현감이 아주머니 말을 듣고 벌떡 일어났다.

"임금도 아비도 없는 저 금수만도 못한 것들을 보았나! 네 눈에는 양반도 임금도 안 보인단 말이냐? 여봐라, 저년이 주둥이를 놀릴 수 없을 때까지 쳐라!"

형리가 현감인 양 더 세게 정강이와 종아리를 내리쳤다. 다리에 틈이 없을 만큼 벌겋게 피가 튀겼지만 막달레나 아주머니는 꼼짝도 하지 않고 모두 받아냈다. 그 모습을 본 현감은 더욱 화가 치솟았다.

"저년 몸에는 귀신이 씌었어도 단단히 씌었구나. 형리들은 귀신이 빠져 나갈 때까지 치도곤을 돌려라!"

현감의 명이 떨어지자 형리들 여러 명이 한꺼번에 가장 굵고

긴 막대기로 닥치는 대로 때리기 시작했다. 머리 · 어깨 · 등, 어
느 한 곳도 남아나질 않았다. 막달레나 아주머니는 움찔거릴 뿐
눈을 감고 기도문을 외기 시작했다.

    거룩하시도다!

    거룩하시도다!

    거룩하시도다!

    온누리의 주 하느님,

    하늘과 땅에 가득한 그 영광,

    높은 데에 호산나!

    주님의 이름으로 오시는 분,

    찬미 받으소서, 높은 데에 호산나!

 나도 기도를 드렸다. 눈물이 펑펑 쏟아져 내렸다.

    거룩하시도다!

    거룩하시도다!

    거룩하시도다!

    온누리의 주 하느님,

    하늘과 땅에 가득한 그 영광,

    높은 데에 호산나!

주님의 이름으로 오시는 분,

찬미 받으소서, 높은 데에 호산나!

(상투스, 거룩하시다)

18. 전라 감영으로 이송되다

난 하루에도 몇 번씩 감옥과 마을을 왔다 갔다 했다. 어쩔 땐 도야지와 개똥이와도 같이 갔고 감옥의 소식을 마을 사람들에게 알렸다. 시간이 지나면서 매를 많이 맞아 앓아누운 사람들이 수두룩했다. 나와 아이들은 동네에 남아 있는 아주머니들과 아저씨들이 마련해 준 미음과 약을 감옥에 살며시 넣어 주는 일을 했다. 시간이 지나면서 포졸들도 동네 사람들이 안타까워 모른 척해 줬다.

하지만 현감은 달라지지 않았다.

"이 지독한 놈들을 봤나. 저놈을 쳐라!"

"하나요, 둘이요, 셋이요!"

아저씨들이 곤장을 수십 대씩이나 맞고 정신을 잃으면 감옥에 넣었다가 다시 끌어내 주리를 틀었다. 그런데 이상하게도 아저씨들은 고문을 받고 심문을 받을수록 몸은 상해 갔지만 정신은 더욱 맑아지는 것 같았다.

"아저씨, 미음 좀 드시고 힘내세요."

"찬성이가 우리 때문에 힘들구나."

"아니에요. 동네 사람들 모두 걱정이 많아요."

"우리는 염려 말아라. 예수님이 십자가에 못 박혀 돌아가신 것처럼 우리가 예수님의 길을 뒤따라 걷고 있다고 생각하니, 영광스럽구나. 훗날 우리 조선땅도 하느님의 땅이 될 거다."

옆에서 우리가 이야기하는 걸 듣고 있던 옥리들이 혀를 차며 말했다.

"쯧쯧쯧, 이게 무슨 생고생이오. 그냥 믿지 않는다, 해 버리시오. 사람 목숨이 먼저잖소?"

"옥리 양반도 하느님을 공경하고 따르시오. 세상이 영광스럽고도 충만하게 보일 것이오."

"에이, 여보시오. 우리까지 죽이려 드는 거요?"

옥리의 말에 홍태성 아저씨가 얼른 나섰다.

"짧은 이 세상을 살면서 깨닫지 못하고 죽어서, 영원히 지옥에서 사는 것보다 영원히 천당에서 살아야 하지 않겠소?"

"참말로 하늘에는 하느님이 있고, 천당이란 게 있소?"

"하늘을 한 번 쳐다보시오."

포졸이 고개를 들어 하늘을 봤다.

"저렇게 드높고 넓은 곳을 누가 만들었을 거 같소?

"그러게 말이오."

"하느님께서는 세상을 너무나 사랑하신 나머지 외아들을 내주시어 우리를 구원하시고 하느님을 믿는 사람은 누구나 멸망하지 않고 영원히 생명을 얻게 하셨소."

아저씨들은 감옥에서도 틈틈이 전도를 하였고, 막달레나 아주머니는 늘 바르게 앉아서 기도를 드렸다.

"막달레나 아주머니, 몸조리 잘하세요."

아주머니는 빙그레 웃어 줬다.

"염려 말거라, 찬성아! 천주님의 뜻에 따르기로 했으니 걱정할 일이 아니구나."

"네!"

옷매무새가 흐트러진 아주머니의 모습이지만 단아하고 따뜻한 느낌은 변함이 없었다. 하지만 피투성이가 되어서 끙끙 앓고 있는 아저씨들과 형들과 선생님을 바라보고 있으면 숨이 막혀 왔다. 매를 맞고 주리에 틀리면서 살이 짓이겨졌고, 살점이 뜯겨져나가기도 했다. 시간이 지날수록 쇠약해져 가는 모습을 바라보는 게 힘겨웠다.

동네 사람들도 하나둘씩 떠났다. 포졸들한테 빼앗기고, 다른 동네 사람들까지 몰려와 양식뿐만 아니라 재산이 될 만한 것은 모두 빼앗아 갔으니 살아 갈 수가 없었다. 더욱이 빼앗아 가면서 큰소리까지 쳤다.

"에라, 금수만도 못한 천한 천주쟁이들, 퉤퉤!"

마을 사람들은 한마디 대꾸도 못 하고 당하기만 했다. 감옥에서 풀려난 어른들은 마을 아이들보다도 더 외부 사람들을 무서워하는 것 같았다. 나도 낯선 사람이 마을로 들어오면 오금이 저렸다. 그러던 어느 날 관아에 갔더니 감옥이 텅 비어 있었다.

"포졸나리, 우리 마을 사람들은요?"

"오늘 일찍 전주에 있는 전라 감영으로 이송했다."

"그럼 우리 아저씨들이랑 아주머니는 어떻게 되나요?"

"낸들 알겠느냐? 전국에 있는 천주쟁이들을 전주로 다 잡아들인다더라."

이렇게 난 아저씨와 아주머니, 그리고 형들과 헤어졌다. 텅 빈 감옥을 보니 가슴이 미어졌다. 힘든 모습일망정 만날 수 있었을 때가 얼마나 좋았는지, 이제 이 세상에 나 혼자 남은 것 같았다.

시간이 흐르면 흐를수록 걱정이 커져만 갔다. 도저히 궁금해서 앉아 있을 수만은 없었다. 도야지와 개똥이에게 전라 감영에 찾아가 보자고 했다. 도야지도 개똥이도 내 마음과 같았다. 우린 봇짐을 싸 메고 길을 떠났다. 동네 어른들도 어디에서 구해 왔는지 음식이랑 노잣돈을 챙겨 주었다.

우린 처음으로 곡성을 떠나 보는 일이었다. 묻고 물어서 걸었고, 발바닥에 물집이 잡혀 저설로 절룩여졌다. 차라리 잘됐다는 생각도 들었다. 감옥에 있는 아저씨 아주머니들의 아픔을 조금이라도 나눠 볼 수 있는 일이었다.

남원, 오수, 임실을 지나자 우린 누구랄 것도 없이 더 걷기에 힘들 정도로 절룩였다. 강변에 앉아 쉬어 가기로 했다. 백로가 물가에서 사냥하다가 날아올랐다. 평화롭기 그지없는 풍경이었다.

"백로는 좋겠다."

개똥이 말에 도야지와 내가 대꾸를 했다.

"백로는 농사지을 필요도 없고, 옹기를 만들 필요도 없겠지?"

"하느님이 백로한테는 왜 편히 살아라, 하셨을까?"

"백로뿐이겠어? 온 들판에 피어나는 풀꽃들도 애쓰지 않고 살잖아."

우린이 말이 끊겼다. 서로 말하지 않았지만 평화롭기만 한 산천을 둘러보며 똑같은 생각을 하고 있었다. 한참 뒤에야 도야지부터 한마디씩 했다.

"하느님은 왜 사람한테만 힘들게 살아 가라고 했을까?"

"사람은 특별하니까 시련을 주는 게 아닐까?"

"그럼 우리한테 시련을 주는 까닭은 뭘까?"

우린 다시 말이 끊겼다. 어느 누구도 답을 알 수 없는 까닭에 조용히 있었다. 쉬었다가 걷는 건 더 힘이 들었다. 답을 찾으려고 그랬는지, 걷기에 너무 힘들어서 그랬는지 우린 말없이 걸었다. 절룩이며 걸었다.

전라 감영에는 무사히 도착할 수 있었다. 하지만 전라 감영은 곡성과는 달랐다. 우리들이 함부로 감옥으로 다가갈 수 없었다. 그렇다고 돌아갈 수도 없어서 감영으로 들어가는 문 앞에 자리를 잡고 앉았다. 답답하고 불안한 마음뿐만 아니라 창자가 뒤틀리듯 아프기도 했다. 감영 안에서 문초하는 소리와 고함소리가 들렸기 때문이다. 그뿐만 아니라 종종 사람들이 잡혀 들어가는 것도 볼 수 있었다. 마을 사람들은 구경거리인 듯 끌려 들어가는 사람을 보면서 수군거렸다.

"저 사람이 그 유명한 예수쟁이 신태보라고?"

"유명한 사람이 한두 사람이간디? 서울에 사는 이경언도 붙들려 왔다잖은가."

"뭐가 유명한디?"

"형과 누이까지 모두 참수를 당한 예수쟁이 집안이라잖어."

사람들이 끝없이 잡혀 들어왔고 감영 문 앞에는 우리뿐만 아니라 구경꾼들이 죽치고 앉아 있었다.

"저 사람은 노인네인데 어떡한댜?"

"글씨말이시. 어제도 노인네가 곤장을 맞다가 엉치뼈가 버그러져 버렸다고 하든디."

"쯧쯧 어쩌자고 노인네가 천주쟁이가 됐댜?"

우린 가져온 음식도 떨어지고, 노잣돈도 떨어지고, 옷을 빨아 입지도 못하고 씻지도 못하니 영락없이 비렁뱅이 모습이 되어 갔다. 그래도 가끔 모르는 사람들이 다가와 먹을 것을 나눠 주고 갔다. 아마도 근처 교우촌 사람들 같았다. 난 용기를 내 보기로 했다.

"저기 문지기 포졸한테 물어보기라도 해 보자."

"뭘 물어?"

"우리 아저씨들이랑 막달레나 아줌마랑 잘 계시는지."

"잘 있을 수 있겠냐?"

"그래도 이렇게 돌아갈 순 없잖아."

달리 방법이 없었다. 내가 일어나자 모두 따라서 일어섰다. 천천히 걸어서 감영 문 앞으로 다가갔다. 문지기 포졸들은 우리가 하는 꼴을 지켜보고만 있었다.

우리가 다가서자 무슨 볼일이 있느냐는 눈빛을 보냈다. 우리가 몇날 며칠 동안 감영 앞에 앉아 있으니, 문지기들도 우리를 눈여겨보고 있었던 터라, 우리가 누구인지 짐작은 하고 있었을 것이다.

문지기 포졸들은 말없이 우리를 바라봤다. 어떻게든 말을 붙여야 했다.

"우린 곡성에서 왔는데요. 우리 마을 아저씨들이랑 아주머니들이 잘 계시는지 보고 싶어서 왔구먼요."

문지기 포졸들은 우리가 하는 말을 듣기는 했지만 아무 대꾸도 하지 않았다. 그렇다고 쫓아내려고도 하지 않았다. 용기를 내어 부탁을 해 보기로 했다.

"한 번만 만나 볼 수 없을까요?"

문지기는 역시나 대꾸는 하지 않았지만 인상을 살짝 구겼다가 폈다. 문지기가 대꾸를 하지 않으니 더이상 말하기도 그렇고, 그렇다고 돌아서기도 그래서 뻘쭘하게 서 있었다. 문지기 포졸 한 명이 말을 했다.

"너희들 자리로 돌아가 있어."

우리는 무슨 뜻인지 알 수 없었지만 문지기 포졸의 말을 듣기로 했다. 긴장을 하며 문지기 포졸을 살피고 있는데, 포졸들이 서로 교대시간이 되자 우리한테 손짓을 했다. 벌떡 일어나 달려갔다.

"가자!"

관아로 데리고 들어간다는 말이었다. 문지기 포졸이 앞섰다. 도야지와 개똥이와 나는 졸졸졸 따라 들어갔다. 가슴이 두근두근 방망이질을 하였다.

무슨 말을 해야 할지, 옥사 앞에 서자, 우린 우는 것 외에는 할 수 있는 게 하나도 없었다. 막달레나 아주머니와 엇봉이 선생님, 원로·을보 형, 이근이·이원복·이형삼·홍태성 아저씨, 그리고도 모르는 아저씨 아주머니들이 많이 있었다. 모두들 귀신 꼴이 되어 있었다. 고문으로 처참하기 그지없는 모습이었지만 반가워 함께 울었다. 모르는 아저씨와 아주머니들도 함께 울어 줬다.

막달레나 아주머니가 기도를 올리자, 모두들 함께 기도를 올렸다. 옆 감옥에 갇혀 있는 사람들까지 모두 함께 기도를 올렸다. 기도가 끝나자 엇봉이 선생님이 물었다.

"여기까지 어떻게 왔느냐?"

"걱정도 되고 보고 싶어서 왔어요."

"그래, 마을 사람들은 잘 있고?"

"하늘 아래 여기보다 못한 곳이 어디 있겠어요."

"그래, 여긴 너희들이 올 곳은 아니구나. 우리는 하느님의 뜻에 따를 테니 걱정하지 말고 씩씩하게 지내라."

막달레나 아주머니가 나에게 당부를 했다.

"우리 찬성이랑 도야지, 개똥이가 여기까지 찾아오는 걸 보니 이제 어린아이가 아니네. 너희들한테 부탁 하나 할까?"

"네, 무엇이든지요."

내가 얼른 대답하자, 막달레나 아주머니가 웃는 얼굴로 우리를 바라보다 말했다.

"동네 아이들, 동네 아이들을 너희들이 잘 추스르고 보살펴 줘야 한다."

"그럼요. 지금도 그러려고 힘쓰고 있어요."

감옥에 있는 사람들이 고개를 끄덕이며 우리를 바라보았다. 칭찬을 받고 있는 것 같아 뿌듯하기도 하고, 아이들을 반드시 지켜야 한다는 책임감으로 무거워지기도 했다.

"자, 우리 아이들을 위해서 기도합시다."

막달레나 아주머니의 말에 몸이 성한 사람은 무릎을 꿇었고 그렇지 못한 사람들도 몸을 움찔움찔 바로잡았다.

"예수님을 기르신 성모님, 우리 아이들이 뜻하지 않은 고난에 처해 있습니다. 하늘처럼 바람처럼 밝고 맑아야 할 아이들이 부모의 품을 잃고 굶주림과 외로움에 놓여 있습니다. 이를 가엾게 여기시어 예수님의 품에서 잘 자랄 수 있도록 기도해 주소서. 당신의 눈동자처럼 아이들을 지켜 보아 주옵소서!"

"아멘!"

우리들도 무릎을 꿇고 함께 기도를 드렸다.

"또 시작이네, 빨리빨리!"

옥리가 우리를 데려왔던 문지기 포졸에게 손짓을 하자 포졸이 기도하는 내 팔을 잡아 일으켜 세웠다.

"안 되겠다. 가자!"

"어?"

내가 반항을 하려고 했지만 감옥 안의 사람들이 아무런 미동도 하지 않고 계속 기도를 드렸다. 나는 기도 드리는 모습을 보며 조용히 끌려 나갈 수밖에 없었다. 그때 엇봉이 아저씨 목소리가 들렸다.

"애들아!"

뒤돌아보자, 손을 흔들며 말했다.

"오늘부터 도야지는 하늘이, 개똥이는 바람이다!"

대답을 해야 하는데, 우린 목이 메어서 대답을 할 수 없었다. 도야지가, 아니 하늘이가 감영 밖으로 나온 뒤, 감영 문 앞에 우뚝 서서 말했다.

"난 앞으로 아이들을 위해서 살 거야!"

개똥이도, 아니 바람이도 하늘이 말을 받았다.

"나도!"

우린 서로 눈을 마주쳤다. 나도 한마디를 보탰다.

"우리, 키가 조금씩 더 커진 것 같지 않아?"

우린 까치발을 하며 웃었다.

19. 숨죽인 사람들

마을은 폐허가 된 듯 조용했다.

덕실마을에 사는 것만으로도 죄인이었기에 최대한 다른 사람들의 눈에 띄지 않으려고 했고, 밥해 먹으려고 굴뚝에 연기를 피워 올리는 것까지 눈치를 보았다. 풀려난 사람들도 옥에 있는 사람들 생각에 맘이 편하지 않았다. 하느님께 죄인이 된 듯 기를 펴지 못하였다. 숨 막히는 생활이었다. 그런 까닭에 마을 사람들 중에서는 떠날 곳이 있는 사람은 떠났고, 떠날 곳이 없는 사람들도 불안에 떨다가, 떠나갔다.

도망갔던 아주머니나 아저씨들이 돌아온 경우도 있었다. 오죽했으면 돌아왔을까. 바깥에서는 도저히 살 힘이 없어 죽더라도 덕실에서 죽겠다는 각오를 하고 돌아오는 사람들이었다.

그래도 웃음소리가 들리는 경우가 가끔 있었으니, 바로 아이들이 어울려 놀 때였다. 물론 하루 한 끼 밥 먹기에도 힘겨워 예전처럼 와자지껄 떠들며 뛰어다니는 걸 볼 순 없었다. 아이들이라고 해도 마을의 분위기에 눈치가 보여 스스로 큰 소리를 내는 것을 조심했다.

그럼에도 세상이 푸르러지고 있어 다행이었다. 들판에 나가면 풀이라도 뜯어 먹을 수 있었다. 하지만 독초를 잘 못 먹어 배앓이를 하다가 죽어 나가기도 했다. 몸과 마음이 모두 힘들어져만 갔다. 나보다 어린 아이들이 배를 곯는 건 바라보는 것만으로도 참을 수 없을 만큼 힘겨웠다.

"하느님, 바라옵건대 우리에게 먹을 걸 주소서! 우리에게 자비를 베푸시어 아이들이 배고프지 않도록 보살펴 주소서."

되뇌고 되뇌었지만 자비가 베풀어지진 않았다.

난 너무 배가 고파지면 가마 안에 들어가 앉아 있었다. 어둡고 서늘하지만 창으로 바깥 빛이 들어오는 걸 바라보고 있으면 마음이 차분해졌다. 배도 덜 고팠다. 아저씨들과 형들이 장난을 치며 말을 걸어 주었던 따뜻한 그리움으로 가득 찬 가마 안이었다. 철퍼덕 주저앉아서 하느님께 중얼중얼 말을 걸어 보기도 했다.

"하느님, 하느님을 모시는 게 이렇게 잘못된 일이란 말인가요? 서로 귀하게 여기라고 하셨잖아요?"

"하느님, 곤장 맞아 보셨어요? 얼마나 아픈지 알아요? 전 살점이 곤장에 붙어 올라오는 것도 보았어요."

"오늘도 상협이 아저씨가 덕실마을을 떠났어요. 그래서 슬퍼졌어요."

"하느님한테 가르쳐 드리는 건데요. 이 세상에서 가장 무서운 건 배고픈 거예요. 아이들을 보면 알 수 있어요. 이젠 아이들도 장난을 치지 않아요."

"하느님은 굶어본 적 있어요?"

"하느님, 전 이제 어떡해야 돼요?"

"회장님께서 성령이 내 안에 있다고 했는데요, 왜 대답을 안 해 주시는 거지요?"

"하느님, 제발 제 기도에 귀 좀 기울여 주세요."

무엇보다도 엄마가 보고 싶었다. 하루에도 백 번 천 번 그리웠다. 배가 고프면 더 그리워졌다.

"엄마!"

엄마를 부르기만 해도 눈물이 났다.

"엄마, 보고 싶어요."

난 가마 안에서 하느님께 중얼거리기도 하지만 마리아님께 기도도 한다.

은총이 가득하신 마리아님, 기뻐하소서!

주님께서 함께 계시니 여인 중에 복되시며

태중의 아들 예수님 또한 복되시나이다.

천주의 성모 마리아님,

이제와 저희 죽을 때에

저희 죄인을 위하여 빌어 주소서.

아멘.

(성모송)

기도를 하고, 또 하고, 또 기도를 드렸다.

성모송을 드리다가 깜빡 잠이 들었나? 가마 천장에서 한 줄기 빛이 내려왔다. 가마 창이 있는 곳이 아니었다. 가마 가장 안쪽에서 빛이 내려왔다. 이 세상에서 단 한 번도 본 적이 없는 빛이 천장에서 쏟아져 내려왔다. 가마에 불꽃이 필 때보다 더 밝고 환하고 해처럼 강렬했지만 바라보아도 눈이 부시지 않았다. 두리번거리는데 목소리가 들렸다. 귀에는 들리지 않는데, 들렸다. 난 두리번거리다가 가만히 두 손을 모아 가슴에 올렸다.

"찬성아, 놀라지 마라! 난 늘 네 곁에 있단다. 슬퍼하지 마라. 아파하지 마라. 이제부터 이곳은 네가 주인이니 아이들과 함께 지키며 다시 꽃피워라."

빛이 나비처럼 잘게 쪼개져 날아와 항아리를 감쌌다. 고상, 성서와 교리서를 숨겨 놓은 애기단지였다. 가마 안에서 한 번도 맡아 본 적이 없는 은은한 꽃향기가 가득 들어찼다.

"너는 이제부터 하느님의 말씀을 쓰고 말하여라. 아이들에게 하느님의 말씀을 들을 수 있도록 하여라."

엄마 목소리였다.

"엄마! 엄마! 그래요, 말씀을 쓸게요. 아이들에게 하느님의 말씀을 전할게요."

난 성모송을 외우고 또 외웠다.

은총이 가득하신 마리아님, 기뻐하소서!

주님께서 함께 계시니 여인 중에 복되시며

태중의 아들 예수님 또한 복되시나이다.

천주의 성모 마리아님,

이제와 저희 죽을 때에

저희 죄인을 위하여 빌어 주소서.

아멘.

20. 모여드는 아이들

덕실마을은 이상한 마을이 되어 갔다. 힘겹고 숨마저 죽이며 사는 마을인데도 불구하고 부모가 없는 아이들이 하나둘씩 모여들었다. 빈집이 있었던 까닭일 수도, 하느님의 마을인 까닭일 수도 있지만 동네 어른들도 아이들도 모른 척 받아 주었다.

덕실마을은 옹기 일을 하지 않고는 먹고살 만한 농사가 있는 것도 아니어서 어른들이라고 해서 뾰족한 방법이 있는 건 아니었다. 당연히 예전처럼 공동체 생활을 하지도 않았고, 공동체 생활을 할 만큼 여유도 없었다. 그런데 걸인처럼 들어온 아이들이 힘든 세상을 어떻게 살아가야 하는지 본보기가 되었다.

5일장이 서는 날은 상인을 도와주고 먹을거리라도 얻을 수 있는 방법, 냇가에서 물고기를 잡고, 숲과 들판에서 나물 캐고 열매를 따서 팔아 식량을 얻는 법부터 우리 옹기촌에 남아 있는 옹기를 내다 파는 법까지 스스로 터득했다. 그러고도 하는 수 없을 때에는 마을을 돌아다니면서 구걸을 하기도 했다.

덕실마을 아이들은 조금씩 힘을 내어 갔다. 어른들을 바라보고만 있을 수도 없었고 마냥 그리워하고 원망하며 살 수도 없었다. 도야지와 개똥이, 아니 하늘이와 바람이랑 함께 덕실마을에 남거나 새로 모여든 아이들과 공동체 생활을 꾸려 가기로 했다. 함께 마음을 먹는 것만으로도 힘이 났다.

"하늘아 바람아, 막달레나 아주머니가 우리들한테 아이들 잘 돌보라고 했잖아. 해 보자!"

"어떻게?"

"옹기를 만들어 보자."

"우리가?"

"응, 할 수 있어."

하늘이와 바람이는 의심으로 가득 찬 얼굴이었지만, 달리 할 수 있는 게 없었다.

"정말 할 수 있어?"

"그럼, 내가 옹기터에서 아저씨들이랑 놀면서 옹기를 어떻게 만드는지 다 배웠거든."

"좋아, 해 보자!"

아직 창고에는 흙도 남아 있고 나무도 조금 남아 있었다. 커다란 옹기는 만들 수 없겠지만 작은 투가리나 자배기, 종지, 콩나물시루 정도는 만들 수 있을 거 같았다.

  마을은 다시 활기를 되찾아 갔다. 아이들은 흙투성이가 되었지만 놀이터처럼 깔깔거리며 즐거워했다. 작은 가마에 불을 들여 볼 작정이었다. 마을에서 옹기를 만들 수 있는 사람들이 모두 붙들려 가 버렸으니, 어른들도 우리들이 하는 일을 바라만 봤다. 가끔 들여다보면서 힘을 써야 할 일이 있을 때는 나서서 거들어 주었다.

  "일은 잘되어 가느냐?"

  "그럼요. 여기 보세요."

  건조 창고에는 그릇과 투가리, 자배기, 콩나물시루 들이 제법 쌓여 갔다. 물론 아이들이 만들어 삐뚤거리는 종지도 있었지만 제법 모양새가 그럴듯해 보였다.

  "너희들이 우리 덕실마을을 살려낼 모양이다."

  동네 아저씨와 아주머니의 칭찬을 받자 기운이 솟았다.

  "네, 우리가 살려낼게요."

  "혹시 힘쓸 일 있으면 불러라!"

  "네, 그럴게요."

  어른들까지 목소리에 힘이 들어가자 점점 마을다워져 갔다. 끼니 해결하기에는 여전히 힘들었지만 그래도 예전에 굶는 것과는 달랐다. 우리가 하고 있는 일도, 해야 할 일도 생겨났기 때문이다.

"우리 성경 공부할까?"

내 말에 하늘이와 바람이가 의아해했다.

"나한테 교리서 있어."

"어떻게?"

"숨겨 놓았던 게 있어."

우린 가마 안으로 들어갔다. 애기동이에 숨겨 놓았던 고상, 교리서와 성경을 보여줬다. 함께 돌려 가며 읽었다.

어느 날, 동네 아이들이랑 함께 하기 위해서 연습을 한 번 해 보기로 했다. 엇봉이 선생님과 회장님이 그랬던 것처럼 내가 선창을 했다.

"기도합시다!"

우린 성호를 긋고, 두 손을 모았다. 어느 누구도 더 이상 말을 잇지 못하고 펑펑 울었다. 그동안 하느님과 함께 하지 못했던 것만큼 감격이 몰려들었다. 회장님 말씀처럼 기도는 하느님과 마주앉아 이야기를 나누는 일이었다. 오랜만에 하느님과 맘껏 이야기할 수 있어 감사했다.

"이제 우리 아이들이랑 함께 기도하는 시간을 갖자."

"그래, 이렇게 마음이 벅차오르는데, 함께 해야지."

"빨리 돈을 벌어서 종이도 구해 보고."

우린 하나가 되었다. 서로 많은 말을 할 필요도 없었다. 그렇게 동네 아이들과 함께 하느님의 시간을 갖게 되었다. 우리가 하는 일을 무서워하던 어른들도 한두 사람씩 참여하면서 늘어나게 되었다.

드디어 오랫동안 기다리던 시간이 지나고 가마에 불을 넣게 되었다. 가마 안은 그릇들이 가득 차지는 않았지만 불을 땔 만큼 물건이 만들어졌다. 나는 회장님에게 어깨 넘어 배운 데로 끄름불부터 땔 준비를 했다.

동네 사람들은 모이자고 말하지 않았는데도 스스로 다 모였다. 회장님이 가마에 불 넣기 전에 기도를 드렸던 것처럼 우리도 기도를 했다.

"성부와 성자와 성령의 이름으로, 아멘!"

모두 간절한 마음으로 기도를 드렸다. 우리 아이들의 미래와 하느님 마을의 미래가 달려 있는 일이었다.

"하느님, 하느님이 가리키는 길로 우리 아이들이 준비를 했습니다. 하느님의 뜻에 어긋나지 않게 하느님의 나라를 꿈꾸며 만들었습니다. 하느님이 사람을 흙으로 빚어 만드신 것처럼 저희들도 정성을 다해 흙으로 빚어 만든 그릇이오니, 온전히 잘 구워져 나올 수 있도록 은혜를 베풀어 주옵소서, 하느님 이름으로 기도 드리옵나이다."

온 정성을 다해 불을 피웠고 땠다. 끄름불을 피운 다음에는 봉통에 나무를 가득 넣고 배낌불을 피웠다. 불꽃이 터진 다음에는 불창을 들여다보며 나무를 더 넣기도 했다. 이렇게 하다 보니, 한 백겸 아저씨부터 회장님과 마을 사람들 생각이 절로 났다. 문득문득 그리워서 찔끔찔끔 눈물이 나기도 했지만 불 앞이고 연기가 나는 곳인지라 아무한테도 들키지는 않았다. 끝불을 넣고 우린 가마가 식기만을 기다렸다.

아이들뿐만 아니라 어른들도 기대를 잔뜩 하고 있었다. 드디어 가마를 열었다. 우린 얼싸 안고 춤을 추었다. 어디에 내놔도 손색이 없는 옹기그릇이 만들어져 나온 것이다. 어쩌면 아이들보다 어른들이 더 좋아하는 것 같았다.

"이젠 됐다, 됐어!"

"참말로 해냈네, 우리 아이들이!"

어른들이 덩실 덩실 춤을 추었다. 이러고 보니 전복이 이모부랑 이모 생각이 났다. 오늘 같은 날, 어른들이 주막에서 막걸리 한 잔씩을 하고 마을 아이들도 고기 한 점씩은 얻어먹을 수 있는 잔칫날인 것이다.

21. 다시 덕실마을

어른들이랑 그릇을 짊어지고 시장에 나가서 제대로 된 값을 받았다. 우린 그릇을 판 첫 번째 돈으로 종이와 먹을 샀다. 가슴이 벅차올랐다.

하늘이랑 바람이랑 나는 얼굴이 활짝 피어났다. 드디어 난 성모님과 약속했던 언문 기도서와 교리서를 필사할 수 있게 되었다. 정약종 선생님과 황사영 선생님의 제자답게 필사를 한다고 생각하니 가슴이 다 설렜다. 특히 난 포졸들이 우리 마을에 들이닥쳤을 때 교리서를 태웠던 죄스러운 기억이 내 맘을 짓누르고 있었는데 드디어 벗어날 수 있게 되었다.

이제 아이들도 어른들도 예전처럼 공동체 생활을 할 수 있게 되었다. 함께 옹기 만드는 일을 했다. 하늘이와 바람이와 난 더

바빠졌다. 낮에는 옹기터에서 일하고 밤에는 교리서 필사를 해서 나눠 줬다.

새로운 생활이 모두 맘에 들었지만 한 가지는 맘에 들지 않았다. 하늘이는 키가 어른만 해졌고 바람이는 몸집이 불어났는데, 난 별로 바뀌지 않아 친구들보다 더 작아져 보이는 거였다. 그래서 힘들고 힘쓰는 일은 친구들이 더 많이 했고, 난 글 쓰고 계획하고 결정하는 일을 더 많이 하게 되었다.

그러던 어느 날, 나에게 하늘이와 바람이가 진중한 모습으로 말을 걸어왔다.

"이제 우리 마을도 예전 점동네처럼 대장님이 있어야 하지 않아?"

"무슨?"

난 무슨 말을 하려고 하는지, 금세 눈치를 챘다.

"니가 우리 점동네 대장님 되어라!"

"그럴 순 없지."

"왜?"

"어른들이 계시잖아."

"어른들한테도 벌써 말씀 드렸어. 가마를 네가 책임져야 하고 기도회도 네가 이끌어야 하니까 네가 대장님이 되어야 한다고 했어. 그보다도 이제 우리들은 아이가 아니래."

"그럼?"

"이미 어른들이래. 키도 덩치도 컸지만, 우리가 마을을 꾸려 가고 있잖아. 그리고 예전부터 어른들이 너한테 미래의 대장님이라고 했고."

난 거절만 할 순 없었다. 덕실에 아이들이 많아서 크고 작은 다툼들이 종종 생겨났고 누군가 가늠을 해 줘야 할 일이 잦아지고 있었다.

"그렇더라도 너희들이 도와줘야 할 수 있지."

"그럼그럼, 이제 넌 우리들의 대장님이시다."

키도 덩치도 큰 친구들이 대장님이라고 해 주니 으쓱, 내 키도 덩치도 친구들만 해진 것 같았다.

그날 밤, 잠이 들 무렵, 누군가 문을 톡톡 두들겼다.

"누구?"

온몸에 솜털까지 쭈뼛 일어섰다.

"누구세요?"

"나다!"

문을 덜컹 열었다.

"회장님!"

"쉿!"

회장님은 신을 신은 채 방으로 들어왔다. 회장님은 나를 끌어 안고 토닥여 줬다.

"애썼다!"

나는 회장님 품에 한참 있었다.

"찬성아, 훌륭하다. 난 네가 잘해 낼 수 있을 거라고 믿었다."

회장님은 우리가 어떻게 살고 있는지 다 알고 있는 것 같았다. 나도 가장 궁금한 걸 물었다.

"우리 어머니는요?"

"잘 계신다. 염려하지 말아라."

회장님은 나를 지그시 바라보다가 말을 이어 갔다.

"어머니가 네 모습을 보면 얼마나 대견해 하실까!"

나도 회장님을 자세히 바라보았다. 얼굴만 바라보아도 회장님이 얼마나 고생을 하고 있는지 알 수 있었다.

"회장님도 잘 계셨어요?"

"허허허, 오냐. 이렇게 건강히 잘 있지 않느냐?"

"그런데 어디에 계셔요?"

"옮겨간 교우촌이 아직 안정되지 않아서 아직은 네가 모르고 있는 게 더 좋을 성싶구나."

"제가 배교할까 봐서요?"

"허허, 그럴 리가! 넌 덕실마을 회장인데."

"제가 회장이라니요?"

내가 손을 짤짤 흔들었지만 회장님은 빙그레 웃으며 이야기를 했다.

"더 빨리 와서 너희들을 데려가야 했는데 미안하다. 근데 오늘 둘러보니 그럴 필요가 없을 것 같더구나. 너희들이 이렇게 훌륭하게 꾸려 가고 있으니 말이다. 그렇더라도 아직 어른 손길이 많이 필요한 간난이와 조간이만 내가 데려가도록 하마."

나는 회장님 말에 아무 대꾸도 할 수 없었다. 나도, 우리들도 따라가고 싶었지만 우리가 따라가 버리면 덕실마을이 없어져 버릴 것 같았다. 그보다도 이제는 새롭게 모여든 아이들을 돌봐야만 했다.

"우리 서로 헤어져 있어도 소식은 자주 주고받을 수 있도록 하마. 지금보다 세상살이가 조용해지면 너도 어머니를 만나러 오고, 어머니도 덕실마을에 올 수 있도록 하자꾸나."

이제 난 완전히 어른이 되어 버린 것 같았다. 어머니를 보고 싶었지만 돌봐야 할 아이들 생각이 먼저 났다. 어쩌면 하느님이 나에게 아이들을 돌볼 사명을 주신 것 같았다.

22. 기해박해가 정해박해를 끝내다

회장님이 다녀가신 뒤로 덕실마을은 더욱 안정이 되어 갔다.

곡성 사람들도 우리를 대하는 게 점점 너그러워졌다. 덕실마을에는 아이들만 살고 있다고 알려지면서 천주쟁이 마을이란 생각이 누그러진 모양이었다. 옹기의 질도 나쁘지 않다고 소문이 나면서 부러 덕실마을 옹기를 사 주는 사람도 생겨났다. 그렇게 한 해 두 해 세월이 지나가면서 평온해져 갔다.

회장님도 자주는 아니지만 가끔 덕실마을을 다녀가셨다. 세상 사람들도 천주교인을 예전보다는 너그럽게 대했다.

회장님은 올 때마다 성서와 관련된 기물을 가져오시기도 했고, 세상 돌아가는 소식을 들려주기도 했다. 그 중에서 가장 슬픈 이야기는 막달레나 아주머니가 황해도 백천으로 유배를 갔다가 1830년 11월 23일 선종하셨다는 소식이었다.

그런데 전라 감영으로 이송되었던 마을 사람들은 오랫동안 감옥에 가둬 두기만 했다. 나도 가끔 찾아갔지만 힘없는 젊은이가 할 수 있는 건 하나도 없었다.

열여덟 살이 되면서부터는 회장님이 다시 자리를 잡은 교우촌으로 찾아가 그립던 어머니를 만나 뵐 수 있었다. 어머니를 다시 처음 만난 날, 쉽게 말이 나오질 않았다. 그리움과 원망이 함께 몰려왔던 것이다. 그렇지만 어머니의 한마디에 모든 것이 풀어져 버렸다.

"우리 아들, 엄마는 널 믿었어!"

그리고 난 회장님의 심부름으로 전국의 교우촌을 드나들게 되었다. 그 와중에 최고의 선물을 받았다. 꿈에 그리던 일이었다. 서양 신부님을 만나 뵙고 성체성사와 고백성사를 받은 것이다.

고백성사를 받기 며칠 전부터 무슨 고백을 해야 할 것인지, 나의 삶을 돌이켜보는 시간이 되었다. 신부님을 뵙는 것만으로 벅차올랐다. 그동안 지었던 모든 죄, 무엇보다도 하느님을 의심하고 또 의심했던 죄를 신부님은 너그럽게 사하여 주었다. 또한 영성체를 했으므로 하느님을 내 몸에 모시게 되었다. 내 삶에서 이보다 더 큰 영광이 어디 있었겠는가! 그날 난 이 세상에 새로 태어났다.

몇 해 동안 잠잠하다 싶더니, 세상이 다시 수상해지기 시작했다.

기해년(1839년 헌종 5)이 되자, 끔찍한 소문이 돌기 시작했다. 그동안 전라 감영에서 옥살이를 하던 천주교인들을 전주 숲정이에서 참수를 할 거라고 했다. 곡성에서 정해박해가 일어난 지 13년 되는 해였다.

나도 옥바라지를 하면서 전라 감영으로 여러 번 찾아다녔던 까닭에 사형 판결을 받았던 분들을 여러 번 뵌 적이 있었고, 인사도 나눴던 분들이었다. 가슴이 뛰어 아무것도 할 수 없었다. 잠을 잘 수도 없었고 누웠다가도 벌떡벌떡 일어났다.

바람이와 하늘이에게 전주에 다녀와야겠다고 말했다. 하늘이도 바람이도 아무 말 없이 고개를 끄덕여 줬다.

숲정이엔 사람들이 가득 모여 있었다. 신태보 베드로, 이태권 베드로, 정태봉 바오로, 김대권 베드로, 이일언 욥. 아, 그런데 모두들 참수를 당할 사람들의 얼굴이 아니었다. 12년 동안이나 갇혀 있던 몸인지라 비쩍 말라 있었고 모습은 남루하기 짝이 없었지만 편안해 보였다. 목에는 칼을 차고 있어도 어린아이가 소풍가는 듯 설레는 얼굴이었다.

난 한 사람, 한 사람, 눈을 마주쳤다. 난 슬퍼할 수 없었다. 그들은 눈빛으로 나에게 축복을 내려 주고 있었다. 웬걸, 나도 기쁨으로 가슴이 뛰었다. 그들은 죽임을 당하는 것이 아니었다. 당당하게 하느님을 만나러 가는 길이었다. 난 그동안 하느님께 가지고 있었던 모든 의문에서 풀려났다. 예수님의 모습도 이러했을 것이다.

"하느님, 내 영혼은 오직 하느님 뜻 안에 있으니, 어떠한 고난과 어려움에 처할지라도 굳센 바위처럼 제자리를 지키겠사옵니다."

망나니들이 추는 칼춤은 아름다워 보였다. 하느님을 만나러 가는 길을 축복하는 춤이었다. 순교자 한 명 한 명 모두 붉은 장미꽃 한 송이로 피어 났다.

이렇게 기해박해는 정해박해 때 옥살이를 시작한 사람들의 참수로 시작되었다. 전주 숲정이뿐만 아니라 대구 관덕정에서도 참수가 행해졌다. 그리고 천주교인들이 다시 잡혀 들어가기 시작했다. 왕권이 노론시파인 안동 김씨에서 노론벽파인 풍양 조씨로 바뀐 까닭이라고 했다.

우리 마을도 조심해야 했다. 그러던 어느 날 밤, 회장님이 덕실 마을을 직접 찾아오셨다.

"떠나자!"

"아니요. 아이들을 두고 어디로 간답니까?"

나는 잡혀 죽더라도 이곳에서 죽겠다고 생각했다. 아버지처럼, 정약종 선생님과 황사영 선생님처럼 영광스럽게 순교할 마음이었다.

"너만 잡혀 가는 게 아니다. 무서운 세상이 되어 가는구나. 너에게 고백성사와 영성체를 주셨던 샤스탕 신부님뿐만 아니라 모방 신부님과 앵베르 주교님 모두 순교를 하셨고, 정약종 선생님의 부인과 아드님인 정하상과 막내딸도 순교를 했구나. 신유박해 때 정약종 큰아드님도 순교를 했으니 안타깝게도 온 가족 모두 순교를 하였구나. 어디 그뿐이겠느냐. 천하의 나쁜 놈들, 이제 어린아이까지 죽이는 구나. 열세 살 유대철 베드로는 목을 졸랐고, 열두 살 이봉금 아나스타시아는 목을 메달아 버렸다."

회장님은 말을 하다가도 몸을 부르르 떨었고 숨이 넘어가는 듯 컥컥댔다. 듣고 있는 나도 마찬가지였다. 목구멍이 찢어지도록 소리를 지르고 싶었다.

"으, 어찌 이런 일이!"

난 아이들까지 잡혀가, 순교를 했다는 이야기에 몸이 얼어붙고 말았다. 천주교인들한테 금수만도 못하다고 비난하더니 정작 자신들은 더 끔찍한 일을 벌이고 있었다.

"떠나야 한다. 이제 어린 아이들도 안전하질 않구나."

23. 천주의 아이들

    초승달이 떴다. 아이들을 데리고 덕실마을을 나섰다. 밤이 깊어지자 큰 아이들이 어린 아이들을 업고, 손을 잡고 나섰다. 덕실마을은 더 이상 안전한 곳이 아니었다.

    곡성 사람들한테 덕실마을은 천주학 아이들이 모여 사는 곳이라고 소문이 나 있었다. 지금까지는 어린애들이라고 모른 척해주는 아량도 있었지만, 이젠 아니다. 또다시 시작인 것이다.

    '하느님, 저를 버립니다. 이제는 제가 사는 것이 아니라 하느님이 제 안에 사십니다.'

    내 등에 업힌 아이가 졸린 목소리로 물었다.

    "회장님, 어디로 가요?"

    "응, 좋은 세상으로."

    "이곳도 좋은데!"

"더 좋은 곳으로 가는 거야."

"그곳도 하루에 한 번씩은 식사 기도를 하는 곳이에요?"

"그럼!"

나는 목울대로 울음이 넘어오는 걸 꾸욱 눌러 앉히고 말했다.

"그보다 더 좋은 곳으로 가는 거야."

조용히 걸었다. 천덕산을 넘어서 곤방산이 눈앞이었다. 아이는 가는 곳이 어떤 곳인지 궁금했던 모양이었다.

"회장님, 힘들어요?"

"아니!"

"그런데 덕실보다 더 좋은 곳은 어디에 있어요?"

"응, 산을 넘고 넘다 보면 하느님 사랑해요, 큰 소리로 외치고 다녀도 괜찮은 곳이 있을 거야."

"에이, 난 여기에서도 할 수 있어요."

"그럼 해 보아라!"

깊은 산 속, 어두운 밤, 이때만이라도 큰 소리로 외치게 해 주고 싶었고, 외치는 소리를 듣고 싶었다. 아이는 목을 가다듬고, 내 등 뒤에서 크게 외쳤다.

"하느님, 사랑해요!"

앞산에서 아이 목소리가 부딪쳐 되돌아왔다.

"하느님, 사랑해요!"

숨통이 확 트였다. 눈에서 뜨거운 눈물이 주르륵 흘러내렸다.

그래, 너희들이 사는 세상은 하느님을 맘껏 사랑하고 사랑받는 세상이 되어라. 아이들과 하느님의 나라로, 밤을 지새우며 걷고 또 걸었다. 성모님께 중얼거리며 걷고 또 걸었다.

　　천주의 성모님,
　　하느님과 예수님을 사랑하는 아이들입니다.
　　오늘 당신의 보호 아래 피신하오니
　　당신 눈동자처럼 아이들을 보호하시어
　　당신의 품에 아이들을 품어 주소서.
　　어려울 때 저희의 간절한 기도를 외면하지 마시고
　　모든 위험에서 우리 아이들을 구하소서.

마태오복음 18장 1절~5절

그때 제자들이 예수님께 다가와,

"하늘나라에서는 누가 가장 큰사람입니까?" 하고 물었다.

그러자 예수님께서 어린이 하나를 불러 그들 가운데에 세우시고 이르셨다.

"내가 진실로 너희들에게 말한다. 너희가 회개하여 어린이처럼 되지 않으면 결코 하늘나라에 들어가지 못한다. 그러므로 누구든지 이 어린이처럼 자신을 낮추는 이가 하늘 나라에서 가장 큰사람이다. 또 누구든지 이런 어린이 하나를 내 이름으로 받아들이면 나를 받아들이는 것이다."

글을 쓰면서 황사영 굴이 있는 배론과 묘소가 있는 가마골 그리고 정약종 선생님의 흔적이 있는 마재성지와 천진암, 관덕정, 숲정이 등을 둘러봤다.

특히 이야기의 중심지인 정해박해 터는 여러 번 다녔다. 가파른 산등성이는 아니지만 무릎을 다쳐 수술을 한 지 얼마 지나지 않았기에 손으로 땅을 짚고 기어서 올라야 했지만, 둘러보기도 하고 옹기 조각을 주워서 내려오기도 했다. 이런 저런 자료를 모아 천주교 박해에 대해 공부를 했고, 조선시대의 옹기 작업 과정을 공부하기 위해 가마터를 찾아다녔다.

정해박해 터는 나의 고향이다. 뿐만 아니라 나 역시 천주교 신자이기도 하다. 진즉 돌아가신 외할머니가 천주교 신자였던 까닭이었을까?

가족 모두 천주교 신자였지만 나만 성당에 나가질 않다가 군대에 가서야 내무반을 탈출할 목적으로 성당에 나갔는데, 세례를 받고야 말았다. 그래서 난 '에지디오'라는 본명을 가지게 되었다.

에지디오는 잘 알려지지 않은 성인으로 프랑스 어느 강 하구의 숲속에서 초막을 짓고 은수생활을 하였다고 하니, 내가 사는 모습과도 엇비슷하다.

무엇보다도 이 글을 쓰게 된 건 천주교 교인으로서의 하느님에 대한 부채의식 때문에? 아니면 정해박해 공부를 하면서 우리에게 알려져 있는 이야기와는 다르다는 생각 때문에? 어떤 까닭이든 써야 했지만, 신앙 이야기인지라 출판사에서 별로 관심을 주지 않을 성싶다는 생각, 그러니까 출판과는 전혀 관계없는 글이 될 수도 있다는 생각을 하면서 작업 준비를 했다. 그런데 이렇게 출판의 기회가 주어졌다.

첫 출판처럼 가슴 떨리는 일이 일어난 것이다.

이 글을 시작하면서도 꽤 우연한 일이 있었다. 내 생의 처음으로 마련한 글방인 참나무집에서 글을 쓰기 시작했는데, 1쪽을 넘기기도 전에 손님이 찾아왔다. 신부님! 광주 가톨릭 대학에 몸담고 계시는 프란치스코 하비에르 신부님이 찾아오셨다. 내 아들이 유아 세례를 받을 때 학사님이셨고, 대부를 서 주셨던 신부님이다.

신부님은 좋은 글, 뜻깊은 글이 되라며 노트북에 양팔을 벌려 축복을 내려 주고 가셨다. 아마 신부님도 노트북 글에다 축복을 하신 건 처음이지 않았을까? 나도 신부님 뒤에서 내 글한테 두 손을 공손히 모았다.

나 역시 내 글한테 공손해지기는 처음이자 마지막일 것만 같다. 그리고 탈고를 고성 베네딕도 수도원에서 하였으니, 여러모로 하느님의 뜻으로 이루어지는 일인 것만 같다.

마지막으로 이 글을 읽는 어린이와 청소년들에게 또는 어른이들에게 우리나라 천주교가 뿌리를 내리는 데 얼마나 지난한 과정을 겪었는지 살펴볼 기회가 되었으면 좋겠다. 덤으로 이 글로 인해 어린이와 청소년들이 하느님과 만날 수 있는 기회가 된다면, 더없는 영광이 될 거 같다.

2024년 여름,
베네딕도 수도원에서